Pascale Nozerac

L'améthyste

À mon père Jean
À ma grand-mère Marcelle

« L'écriture est la peinture de la voix. »

Voltaire.

Automne 1955

Il est huit heures, l'homme repose ses jumelles sur l'appui de fenêtre et regarde son chien qui soupire, le nez entre ses pattes. La scène de ménage des Brageol qui l'aurait ravi encore hier ne parvient pas à chasser ce qui le tracasse. Il se ressert un café bouilli sur le coin de la cuisinière, secoue la tête pour décrocher les questions qui l'encombrent puis d'un geste habituel essuie d'un revers de main sa moustache, témoin odorante de la dernière bouchée avalée. Une pelure d'oignon s'en détache et finit en broche sur son pull torsadé. Son gros pouce corné par les corvées soulève son béret empesé par le temps et frotte d'une seule phalange le crâne resté chevelu malgré les ans. De nouvelles questions le taraudent. L'homme colle ensuite une cigarette au coin des lèvres, crache ses poumons enfumés des ombres de sa solitude puis se soulève lourdement.

Le chien lève la truffe, remue faiblement la queue, hume l'humeur de son maitre, hésite à le suivre ou à poursuivre sa sieste mais l'homme répond à son dilemme en pointant un doigt autoritaire qui signifie « reste- là ».

L'homme saisit le panier tressé en osier, posé au pied de l'évier en pierre, décroche sa lourde veste pendue au long clou rouillé coincé entre deux lauzes et sort par la porte qui donne sur l'arrière de la maison.

Au coin du mur il attrape son bâton et avance jusqu'au fond du jardin dominé par la montagne. Il va récolter les dernières noix décrochées par le vent d'automne qui annonce l'arrivée de la mauvaise saison. Il sait que cette nuit, le gros noyer a encore distribué ses coques à son pied et bien au-delà. Pour atteindre l'arbre au moins centenaire, il lui faut grimper par les petits escaliers en mauvais état qui conduisent d'une table[1] à l'autre. Chaque année la récolte devient de plus en plus difficile car ses jambes raidies par l'arthrose l'éloignent du sol. Il peine à ramasser les fruits qui se cachent sous les feuilles ou s'exposent sur les écrins de mousse. Hier son chien, toujours collé à ses sabots, a failli le faire tomber. C'est pour cela qu'il ne l'a pas amené aujourd'hui.

L'homme n'a escaladé qu'une seule table mais ressent déjà l'épuisement. Il s'arrête, il sait que ce n'est pas la fatigue qui plombe son souffle, car les ans ne l'empêchent pas de parcourir chaque jour les chemins de son village lozérien. Il sait aussi pourquoi il n'a pas emmené son chien, il lui en veut mais pas pour la raison invoquée. Il lui en veut d'avoir déniché hier cet objet au fond de la chazelle[2] située deux cents mètres au nord de la maison.

Depuis le temps qu'il voulait redonner vie à cet endroit envahi par les ronces et les arbres adolescents,

---

[1] Terrasse façonnée par l'homme dans la montagne
[2] Petite construction en pierre servant d'abri

bousculant effrontément les pierres, il s'était senti apaisé d'avoir enfin libéré l'abri où ses grands et arrières grands-parents remisaient les outils de jardin. La découverte d'une pioche et d'un seau percé par la rouille lui avait même tiré une larme. Il avait saisi le manche, ressenti la grosse main rugueuse de son grand-père, occupé à réveiller le jardin à grands coups de pioche pendant que lui, collé au pantalon de l'aïeul, fouillait la terre de ses petits doigts pour jeter dans le seau, les tubercules précieux qui le régaleraient dans une soupe ou une truffade.

Prêt à regagner la maison, son chien s'était soudain engouffré dans la chazelle pour renifler l'endroit devenu accessible.

— Allez viens, la nuit tombe on va plus rien voir !

Mais le chien s'excitait, jappant, éternuant et creusant sans doute puisque la bouche sombre de l'abri crachait par jets de petites mottes de terre.

— Viens donc sale cabot !

A force de lui gueuler dessus, le chien avait fini par sortir, la queue entre les jambes, attendant la rouste qui allait tomber. Mais avant de s'approcher, l'animal avait lâché un morceau de bois.

— Ah, t'as trouvé un os ! c'est pour ça que tu t'excites ? Allez, file ! On rentre.

Le chien avait recalé l'os entre ses crocs, heureux d'avoir échappé cette fois aux foudres de son maitre et avait repris le chemin du retour. Puis à peine entrés dans la maison, tous les deux s'étaient collés à l'âtre de la cheminée pour soulager leurs articulations usées par le temps, partageant leur bien-être par des regards de tendresse. En se levant pour réchauffer la soupe, l'homme avait glissé sur l'os abandonné, et de rage, prêt à le jeter dans le feu, avait été surpris par la texture de l'objet sous ses doigts.

Mais tout cela c'était hier … L'homme, planté les deux mains sur son bâton, ressent tout à coup le vent froid sous son col, lève le nez vers les grosses branches du noyer qui l'encouragent à grimper la deuxième table et à laisser tomber cette histoire. L'homme s'oblige à remettre en mouvement son corps plombé, avance progressivement et pose son panier sous le gros arbre. Il cherche d'un œil affuté les dernières noix qui compléteront sa récolte mais les coquines ont roulé comme des billes dans la pente et ses jambes sont trop flageolantes aujourd'hui pour s'ancrer solidement.

Il lève de nouveau le nez vers le sommet de la montagne et aperçoit le toit de la chazelle qui le nargue. Il y retournera pour trouver où son chien a déniché l'objet et s'il en découvre d'autres.

*****

Planté devant l'ouverture, l'homme repousse le moment d'entrer dans cette petite construction incluse dans le mur de pierres sèches. Hier elle était banale, familière et aujourd'hui il redoute presque d'être happé par sa gorge sombre qui recèle un mystère.

Il se pose sur la souche plantée à deux mètres de l'entrée et examine chaque pierre choisie par les mains expertes de ses ancêtres, des pierres larges, des longues, des petites, des grosses. Les protubérances des unes remplissent les creux des autres. Lui aussi a appris à monter des murs en pierres sèches, à les choisir pour les tendre à son père. Qu'est- ce qu'il s'est fait engueulé ! « Pas celle-là tu vois bien qu'il faut une petite pour caler ces deux-là ! Ah il en a manié ! Sous les mains de son père, les cailloux de toute forme devenaient solidaires, se soutenant pour former un mur équilibré comme un rang d'élèves alignés par le sifflet vigoureux du maitre d'école.

Bon, il doit y aller, ça suffit tous ces vieux souvenirs ressassés ! L'homme se lève, franchit l'encadrement flanqué de deux pierres qui soutiennent le linteau comme des haltérophiles. Il pénètre dans cet espace qui ne pourrait pas accueillir plus de deux hommes voutés. Il a le sentiment d'entrer dans le ventre de la montagne. Quel couillon, il aurait dû apporter une lampe !

Une fois dans la place, il ressent instantanément le bien-être de se trouver dans un cocon. Ses narines hument le fumet sec de la terre. Malgré les années, la petite bâtisse n'a pas pris l'eau. Il entend sous ses semelles, craquer les quelques feuilles sèches poussées par le vent. Les rideaux de l'obscurité s'ouvrent les uns après les autres jusqu'à ce que ses yeux puissent détailler la base des murs à hauteur de museau. Mais il a beau regarder, avoir fait un tour complet, il ne voit pas trace de fouille. Pourtant il n'a pas rêvé, son chien est sorti de l'endroit avec l'objet dans la gueule. Il lève son regard sachant pourtant que la partie fouillée ne peut être qu'au sol et se trouve soudain nez à nez avec la figure du christ suspendu la tête en bas. Etonné de trouver ce petit crucifix, sa grosse main s'en saisit pour le replacer dans le bon sens mais une seule attache existe aux pieds. Cela l'ennuie de laisser le christ dans cette position même s'il n'est pas vraiment croyant. Alors il le cale un mètre plus bas sur une pierre dessertie du mur. En déposant l'objet à tâtons, ses doigts collent à la terre saupoudrée sur le socle. Il comprend alors qu'il vient de trouver l'endroit où son chien a gratté, non pas au sol mais sur le mur autour de cette pierre. Il glisse ses doigts dans la petite cavité mais ne sent aucun autre objet. La semi-obscurité l'empêche de distinguer avec précision la partie fouillée, alors il rajuste son béret et sort de la chazelle.

Printemps 1790

— Sœur Marie-Anceline, venez vite ! Notre révérende Mère Marguerite est tombée !

Marie-Anceline Chambon est la plus jeune des sœurs, une des deux novices, elle doit bientôt prononcer ses vœux mais avec le pays qui gronde sa Révolution, l'abbesse n'est guère optimiste et lui a fait comprendre que pour le moment l'avenir reste brouillé. « L'évêché se bat depuis plusieurs années pour maintenir ce monastère, avait-elle dit en levant les yeux au ciel, devrait-on dire ce prieuré au regard des religieuses qui s'amenuisent autant que les dons, bénissons le Seigneur d'avoir encore un toit ».

Sœur Raymonde est toute rouge. Le voile de travers et la robe bombée par les effets de sa gourmandise, font sourire Marie-Anceline mais devant son œil affolé, la novice lâche sa serpette, pose la touffe de menthe poivrée qui lui parfume les mains et franchit le petit portillon du potager pour suivre sa sœur qui reprend lourdement sa course vers la chambre située à l'autre bout du domaine.

— Il faut… que ça arrive… quand nous sommes toutes seules !

Sœur Raymonde est de plus en plus congestionnée, ses jambes peinent à se soulever dès qu'une touffe d'herbes ou une motte de taupe entravent sa course. Au fil du trajet, des auréoles malodorantes s'agrandissent sous ses aisselles et ses reniflements alternent avec ses soupirs.

Marie-Anceline n'ose pas demander de détails sur la chute de leur mère supérieure, craignant que sœur Raymonde ne s'étouffe avant d'avoir rejoint celle qui est la source de tant d'émois. Elle ne voudrait pas secourir deux personnes à la fois !

La lourde porte au fond du porche les accueille pour les engloutir dans un long couloir. Sœur Raymonde ne devient plus qu'un dos massif dont les contours sont gommés par l'obscurité. Marie-Anceline manque de le heurter au moment où la religieuse s'arrête soudainement pour ouvrir avec nervosité une petite porte. Derrière, un corridor dessert les cellules alignées dans une symétrie obsessionnelle. La course reprend pour rejoindre au fond un escalier de pierre, masqué par un rideau de velours verdâtre, tenture qui dans un temps lointain avait dû marquer d'un vert magistral l'accès à la seule grande chambre de l'étage.

Là-haut, seule l'abbesse a ce privilège mais peut-on parler de privilège aujourd'hui quand depuis des semaines, une fracture du fémur la maintient claquemurée.

Ahanant, Sœur Raymonde gravit les marches usées par les milliers de pas, les mains appuyées sur les murs chaulés, maquillés de salpêtre.

Accédant à ce lieu   pour la première fois, Marie-Anceline appréhende de se retrouver dans l'intimité de sa supérieure. Sa taille haute, son visage de paysanne aux traits anguleux, coupés à la serpe bien qu'issue d'une famille de la noblesse   mendoise,   l'impressionnent. Pourtant, sa voix grave et délicate est plutôt apaisante à écouter pendant ses lectures dans la salle du chapitre.

— Nous voilà, j'ai accouru le plus vite possible mais sœur Marie-Anceline était au jardin.

Sœur Raymonde tourne autour de l'abbesse comme un bourdon prisonnier d'une fenêtre refermée.

Une moribonde gît sur le plancher , le visage émacié , une main décharnée accrochée à la couverture du lit pendant que l'autre main et son pied gauche, tentent de prendre appui sur le sol pour regagner le lit surélevé par deux lauzes.

Dans un premier temps, Marie-Anceline se dit qu'il s'agit d'une autre personne, cachée là pour fuir un danger. Pourtant la planche soutenant la totalité de sa jambe droite signe l'identité de l'abbesse. Il s'agit bien de la révérende Mère Marguerite de Saint Dubois du Chambon.

— Oh mon dieu ma Mère , quel malheur ! Cela ne va pas arranger… gémit sœur Raymonde.

— Je vous prie de garder le silence, la coupe l'abbesse   d'une voix étonnamment   vigoureuse. Maintenant que vous êtes deux , aidez-moi à regagner mon lit.

Marie-Anceline constatant l'immobilité de sœur Raymonde paralysée par son grand stress,   prend spontanément la situation en mains. Elle se place à la tête de l'abbesse, l'encadre de ses pieds et interpelle sa sœur le plus calmement possible.

— Mettez-vous là, dit-elle en indiquant les pieds de l'abbesse. Et vous ma mère, si vous en êtes d'accord, nous vous soulèverons dès que vous vous sentirez prête. N'hésitez pas à nous dire si vos souffrances sont trop grandes.

L'abbesse se contente d'un signe de tête, surprise par le sang froid de sa jeune novice et par l'exécution immédiate de l'autre bénédictine à se placer à ses pieds.

Marie-Anceline glisse ses bras sous les épaules de la malade, croise ses mains pour bander ses muscles et voyant que sœur Raymonde reste empruntée pour saisir à la fois la jambe valide et l'autre ficelée sur la planche, la conseille :

— Le mieux est de glisser tout votre bras sous la planche et vous ma Mère, si vous pouviez faire appui sur votre jambe valide, je pense qu'on pourrait y arriver.

— Oui, cela me semble plus facile pour moi, répond d'une voix cette fois affaiblie la supérieure du Chambon.

— Alors je compte jusqu'à trois et nous soulevons, un…deux… trois.

Marie-Anceline est surprise par la légèreté de cette grande femme et sent sa maigreur sous son habit noir. Malgré son alitement, l'abbesse est revêtue de tous ses vêtements religieux. Sœur Raymonde s'applique à suivre les consignes et reste silencieuse pendant la délicate opération. Marie-Anceline au-dessus de la révérende Mère aperçoit ses mâchoires crispées, scellant une plainte qui risquerait d'interrompre son sauvetage.

Après l'avoir redressée sur ses oreillers, les deux religieuses postées au pied du lit, attendent que l'abbesse reprenne des couleurs. Marie-Anceline regarde la petite fenêtre à meneau où ni le souffle léger du dehors ni le soleil, ne doivent être invités au vu de la froideur de la pièce et surtout de son odeur de renfermé. Si elle ne craignait l'autorité de l'abbesse, Marie-Anceline ouvrirait le battant pour laisser entrer le printemps. Faute de quoi, son regard se porte sur l'imposant tableau dont le cadre doré détonne avec la sobriété de la chambre. Des ornements aux lignes entrelacées alternent avec des feuillages en relief, le tout cernant le portrait d'une religieuse d'un âge avancé. Sur sa robe noire à larges manches, le peintre semble avoir exagéré la taille de la guimpe couvrant la poitrine. Peut-être a-t-il voulu contraster les pierres violettes incrustées dans la croix suspendue par un ruban à son cou, avec la blancheur de l'étoffe ? Sur l'anneau de la main qui tient une lettre, une pierre octogonale de la même couleur violette attire l'œil. Ce sont les seules taches lumineuses du tableau sur le camaïeu de noir et blanc.

— Il s'agit là, Sœur Marie-Anceline, de la révérende Mère Marie-Agathe de Saint For, abbesse de notre monastère Saint Pierre de Chambon d'où la croix à l'envers en arrière-plan. Elle fut nommée en 1610 et contribua à de nombreux travaux de restauration des bâtisses en partie détruites par Mathieu Merle[3] et ses

---

[3] Capitaine de confession protestante qui a combattu sur Marvejols et ses environs

troupes et par une crue de la Coulagne[4]. Malheureusement, elle dut se réfugier avec toutes les religieuses sur Maruejols[5], rue Daurade. A cause des Huguenots… Je suis trop fatiguée maintenant mais si cela vous intéresse, je pourrais vous entretenir de son courage et de ses prises de position pour sauver notre monastère.

Marie-Anceline, totalement absorbée par la contemplation du tableau, sursaute puis d'une inclinaison de tête remercie l'abbesse de sa proposition.

— Maintenant, veuillez me laisser, vous devez préparer le repas. La matinée est déjà bien avancée. Nos sœurs ne devraient pas tarder à revenir des obsèques de Madame de la Tour de Chatel.

---

[4] Rivière la Colagne
[5] Marvejols

Surpris par la légèreté de « l'os » et de sa rugosité maillée, l'homme suspend son geste en direction du feu. Est-ce du cuir très abimé ou une vieille toile raidie par le temps ? Ses yeux autant que ses doigts scrutent chaque millimètre des extrémités jusqu'au centre, le faisant pivoter comme un axe calé entre deux écrous. Il pose la chose sur la table ronde et baisse la suspension pour mieux éclairer l'autopsie qu'il va opérer sur cette petite momie.

Devant ce mystère, l'homme sort le laguiole de sa poche, commence par couper une rondelle et avec la pointe du couteau extirpe délicatement un fin morceau de tissu semblant envelopper quelque chose de dur. De ses gros doigts il desserre délicatement le nœud d'une fine cordelette et déshabille l'objet. Un éclat scintille soudainement sous l'éclairage de la lampe et l'homme découvre avec surprise une grosse bague sertie d'une pierre violette.

Qu'est-ce que c'est que cette affaire ? A qui appartient-elle ? Sûrement pas à sa famille qui a toujours tiré le diable par la queue. Pourtant il sait que la chazelle est bâtie sur des terres qui ont depuis longtemps appartenu à ses ancêtres. Alors ? Et bien alors, rien. Son cerveau est vide, anesthésié, aucune image ne vient répondre à ses questions, aucun souvenir. Un vol ? Il n'ose pas y penser ! Non, pas sa famille si droite et si fière qu'elle a toujours préféré se débrouiller seule plutôt que d'aller pleurer chez les autres pour un bout de lard à mettre dans la soupe.

Il regarde son chien, le maudit d'avoir déterré ce secret. L'animal doit sentir le regard de reproche de son maitre car il s'éloigne du feu pour se cacher sous le buffet.

*****

L'homme est revenu de sa deuxième visite matinale de la chazelle, il sait qu'il y retournera dès son repas englouti. C'est une obsession. Son chien l'accueille sans rancune d'avoir été exclu et sort se dégourdir les pattes. L'homme a rapporté le petit crucifix pour l'examiner de plus prêt. Il ne se rappelle pas avoir vu l'objet quand il était gosse. Il pose le ragoût de lièvre sur la grosse plaque en fonte après avoir balancé un morceau de bois dans la gueule de la cuisinière et tire une chaise de la table, pour s'asseoir. Le christ est en métal comme la croix sur laquelle il est cloué. A la base, sous les pieds, des lettres ou peut-être une gravure décorent un petit médaillon de couleur crème. Bizarrement, comme il l'avait constaté dans la chazelle, l'attache du crucifix est bien fixée au bas de la croix sous la forme d'un anneau serti dans le métal.

Toc toc toc, on frappe aux carreaux ! Son chien n'a même pas aboyé, il a dû partir flairer un lapin ou un sanglier. Personne n'a jamais le culot de monter jusque-là à part la factrice mais c'est très rare. Une tête colle son nez et pose sa main en visière pour chasser les reflets de la vitre.

— Mais, on dirait la drôle qui passe prendre ses cagettes de plants pour les vendre à Marvejols !

La colère le lève brutalement et surprend la chaise qui tombe à la renverse.

Qu'est- ce qu'elle fout là la gamine ? Le marché entre eux était pourtant clair, il veut voir personne chez lui, il dépose lui-même ses cagettes le jeudi au bord de son chemin, la gamine les ramasse et lui remet l'argent dans sa boite aux lettres, moins sa commission. C'est avec son père qu'il a fait «la pâcho[6] », avec Michel, le fils des Brageol, ceux logés sur le pan de montagne en face, ceux qui s'engueulent au moins une fois par semaine quand le père revient fin saoul du bistrot. Le fils, lui est sobre comme la lauze qui laisse glisser la pluie. Il n'a pas le moindre bout de terre pour survivre alors il se loue pour les travaux agricoles et accepte tous les services contre quelques pièces, du bois ou des vivres. Faut dire qu'il est veuf avec cette gamine sur les bras !

---

[6] « Conclure un marché », en patois

L'homme attrape la poignée de la fenêtre, l'ouvre brutalement, son expression doit être effrayante car la gamine sursaute, prête à fuir.

— Y a un problème ?

La question est éructée et la fillette reste tétanisée la bouche ouverte, chiffonnant son tablier bleu délavé comme ses yeux agrandis par la peur.

— Ben alors, tu réponds ? Ton père t'a bien dit que je voulais voir personne ici ?

La fillette se tortille ne sachant pas si elle doit repartir les mains vides et se faire houspiller par son père ou demander au vieux pourquoi les cagettes étaient absentes ce matin.

Soudain, surgissant du chemin, le chien rompt la glace de ce face à face, saute sur la poitrine creuse de la gamine et lui lèche le visage. L'enfant se réchauffe, s'enfouit dans la fourrure épaisse de l'animal et pousse de petits cris joyeux.

Tiens ! Ils se connaissent ces deux-là ?

— Diane, acci[7] !

L'animal fixe son maitre, surpris de le voir là, s'approche et d'un bond franchit l'appui de la fenêtre pour sauter dans la pièce. Le regard de l'homme se porte ensuite sur la fillette dont les yeux reflètent cette fois plus d'inquiétude que de peur.

Il s'aperçoit qu'il ne connait même pas son prénom, il ne l'a vue qu'une ou deux fois accompagner sa grand-mère lors des processions qui passent devant chez lui pour se poser à la dernière croix du village. Marie quelque chose … un prénom simple pourtant mais

---

[7] « Ici » en patois

ça ne lui revient pas. Se forçant à adoucir sa voix, il l'interroge :

— Qu'est-ce tu veux la drôle?

L'enfant lui répond par une autre question :

— Les cagettes, y en avait pas aujourd'hui ?

Hou le couillon ! Avec ces histoires, il a oublié de déposer les plants d'oignons et de poireaux.

— Et c'est maintenant que le marché est fini que tu me les demandes ?

— Mais j'suis passée à huit heures ce matin, j'ai même frappé à la fenêtre mais vous étiez pas là, alors mon père m'a dit de repasser pour savoir.

— Ah, j'ai pas entendu, j'étais au lit avec un « tour de rein », j'ai pas pu les descendre sur le chemin.

Marie-Thérèse sait qu'il ment car ce matin le chien a aboyé très fort derrière la vitre et le vieux n'a pas l'air sourd, il a forcément entendu ou alors il était pas chez lui.

— Si vous voulez, je les reprends maintenant, j'ai laissé la carriole en bas du chemin, et mon père les vendra samedi.

— Non, je les descendrai moi-même à ton père, faut que je descende au village pour mon tabac.

La gamine n'a pas l'air satisfait

— Qu'est-ce t'as ?

— Mon père va râler il va croire que j'ai pas voulu y retourner.

— Attends deux secondes.

L'homme recule et se fond dans l'obscurité de la pièce, il reste un moment et revient avec une gamelle.

—   Tiens, c'est un morceau de lièvre, ça me fait trop, tu lui donneras pour la peine.

Mais   fièrement, le petit menton levé et   les poings sur les hanches,   Marie- Thérèse   répète une phrase souvent entendue dans la bouche de son père :

—   On n'est pas des mendiants ! Pas de travail, pas de présent[8] !

Et elle tourne les talons, laissant l'homme les bras tendus dans le vide.

Quelle morveuse ! Elle a du caractère celle-là ! On dirait Aimée quand elle était môme.

---

[8] Don en nature

Automne 1790

La lettre est arrivée ce matin, portant le cachet de l'évêché de Mende. Les courriers sont rares, pourtant l'abbesse a attendu le seul moment de repos octroyé aux bénédictines après le déjeuner pour découvrir l'annonce qu'elle recèle. Elle veut être seule pour affronter son contenu avant d'en faire lecture aux autres sœurs, ce soir dans la salle du chapitre pendant leur réunion quotidienne. Elle pressent les mots couchés sur les feuillets. Cela fait des années que des négociations se trament entre l'État et l'évêché pour maintenir ou fermer le couvent.

L'adoption de la Constitution civile du clergé [9] cet été, le 12 juillet 1790 précisément, a sonné la fin des ordres monastiques. Pourtant de nombreux habitants du

---

[9] La Constitution civile modèle l'organisation de l'Église sur l'organisation administrative. Le clergé devra dépendre désormais de l'Etat. Le nombre d'évêques et de curés est réduit et correspond au nombre de départements et de communes. Les ordres monastiques sont fermés et les moines et les nonnes expulsés.

Gévaudan, de la Lozère doit-on dire désormais, se rebellent contre l'arrestation et la chasse aux prêtres qui refusent de prêter serment à cette Constitution qui ne reconnait plus le catholicisme comme religion d'Etat. Un nouveau décret de l'Assemblée leur enjoint pourtant de respecter la loi.

Assise sur son lit, une main caressant la croix de bois nichée dans les plis de sa robe, l'abbesse contemple l'enveloppe, grande, épaisse dont le poids laisse pressentir un couperet lourd de conséquences.

Ses doigts perclus d'arthrite tremblent pour décacheter l'enveloppe. Si elle n'était pas si oppressée, la religieuse prendrait le temps d'admirer la calligraphie de l'Évêque, aux majuscules alambiquées. Mais après avoir survolé les premières formules d'usage, les témoignages de reconnaissance, les compliments, les remerciements pour son grand dévouement, elle se précipite sur la lecture du dernier paragraphe après avoir fait l'impasse sur les autres.

« Selon l'arrêt du conseil d'État du 26 février 1753 qui éteignait et supprimait à perpétuité le titre du monastère de Saint-Pierre du Chambon de l'ordre de Saint -Benoit mais qui n'a jamais été appliqué grâce aux nombreux soutiens qui se sont opposés à la fermeture de ce lieu dont …

Suit une liste exhaustive de personnes issues de la noblesse dont le premier n'est autre que le comte de Peyre, des chanoines de Maruéjols, des membres de l'évêché de Mende et bien d'autres encore.

…à l'époque Monseigneur de Choiseul a réussi à différer l'exécution de son ordonnance et d'autres plus tard l'ont suivi. Mais aujourd'hui, suivant la

Constitution civile du clergé adoptée par l'Assemblée nationale constituante, la décision de fermeture définitive du monastère est sans appel et… »

C'est terminé, elle avait pourtant espéré vivre ses dernières années avec les moniales de la communauté, toutes d'un âge relativement avancé, à part deux ou trois religieuses. Quelques-unes retourneront dans leur famille, mais toutes les autres ?   Les anciennes, où iront-elles avec la pension misérable qui leur sera proposée ? La plupart des sœurs sont sans   familles. Qui sera assez charitable pour les héberger ? Et sœur Raymonde avec ses jambes d'infirme,   finira t'elle oubliée dans un hospice ?

Leur force est justement d'être ensemble,   de s'entraider dans la pauvreté et la maladie. Leurs prières, leurs chants, leur travail, leur silence,   les portent, soulagent leurs maux et illuminent leur vie et celle des autres. Tout cela est balayé d'une seule phrase.

L'abbesse pose la lettre, joint ses mains, le front appuyé sur ses phalanges saillantes et prie Dieu qui lui envoie une nouvelle épreuve.

—   Pardon Seigneur de ne penser qu'à notre bien-être, nous affronterons cette nouvelle épreuve comme nous l'avons fait chaque fois qu'un obstacle est survenu. Cela nous rappelle que nous devons rester humbles. Le Chambon a traversé bien des tempêtes, certaines bien plus douloureuses encore. Je ne parle pas des inondations qui ont emporté les trois quarts de notre monastère, ni des incendies. Non, je pense à nos sœurs qui durant des siècles ont subi les assauts des pilleurs, des égorgeurs au nom de la religion. La Coulagne en est témoin. D'autres bénédictines ont dû, elles-aussi, fuir le couvent du Chambon pour se réfugier à Maruejols.

Après avoir récité plusieurs prières, l'abbesse retrouve une certaine sérénité et reprend la lettre pour la lire d'un bout à l'autre. Au travers des lignes, elle perçoit la déception profonde de Monseigneur l'Évêque de n'avoir pu obtenir le maintien du monastère. Elle sait tout le bien qu'il pense d'elle et de sa communauté. Deux mois plus tôt, lors d'un déplacement, il lui avait fait lecture de sa longue réponse au Cardinal, celui-là même qui argumentait en faveur du roi pour supprimer le monastère au même titre que toutes les communautés religieuses les plus pauvres et les moins rentables. L'Évêque avait envoyé sa lettre au Cardinal comme un noyé qui tend un bras pour recevoir la corde qui pourrait le sauver ou le pendre.

*****

La nouvelle s'est répandue rapidement à Maruéjols puis a longé la Coulagne jusqu'à San-Lacho[10]. Dans les champs, au lavoir, au marché, toutes les conversations sont aimantées par le sujet. Mais c'est surtout le dimanche à l'auberge après la messe que les conversations fusent.

— Le monastère va être vendu ? Et les terres autour ? Et les fermes ?

— Tous les biens nationaux. Tout, je vous dis, tu as bien entendu le curé ?

— Ce sera les gros qui achèteront, pas nous, seulement ceux qui possèdent déjà des terres, le comte et tous les hommes de loi.

— Oui mais les religieuses, ça fait plus de huit cents ans qu'elles vivent là, tu crois que l'État va pouvoir les chasser ?

— C'est la Révolution ! T'en as pas assez des privilèges !

— Tu trouves qu'elles sont riches toi, les bénédictines du Chambon ? Moi je dis que ce sont des gens comme nous, qui travaillent avec leurs mains.

— Oui mais qui sait qui paye leur monastère et qui les nourrit, c'est nos impôts et nos récoltes.

— Et les curés alors et les prêtres ?

— Mais c'est pareil, eux aussi ça va changer. Y en aura moins et en plus ils devront prêter serment à la nouvelle Constitution. C'est pour réduire les dépenses de l'Etat, qu'ils disent.

— Tu parles ! Pour eux oui ! Mais nous, on n'en aura pas plus dans nos poches, tu crois peut-être que

---

[10] Saint-Léger-de-Peyre

les redevances, les censives et tout c'qu'on verse au comte, ce sera terminé ? On continuera à trimer pour rester toujours aussi pauvres et leur donner ce qu'on n'a pas. Tu verras ! Et puis notre curé, y me va, pourquoi le changer ?

— Mais alors qui va bénir nos récoltes et nos troupeaux ?

Les habitants perdent leurs repères. Fermer le monastère ou leur imposer un nouveau curé qui ne sera peut-être pas du Gévaudan, c'est comme leur enlever un pan de montagne, changer leur paysage. Seules les saisons ont le droit de transformer leur environnement. Le couvent fait partie de leur village, de leur histoire et cela les rassure.

Pourtant certains ne sont guère pour les bondieuseries, ils vont à la messe comme tout le monde pour ne pas être pointés du doigt, récitent mécaniquement les prières ânonnées depuis leur plus tendre enfance sans rien y comprendre. Ils y vont davantage pour reposer leur dos alourdi des corvées quotidiennes et croiser ensuite leurs voisins à l'auberge autour d'un vin aigre qui soulage un peu leurs maux.

Les religieuses aperçues très rarement, n'ont pas l'air plus riche qu'eux. Leurs habits sont lustrés par l'usure et le cuir de leurs souliers est ridé par leurs va-et-vient incessants entre les prières, les travaux de jardinage et les récoltes. Pourtant il parait que certaines sont issues de la noblesse, il y en a même une qui aurait été la sœur d'un Évêque.

Oui le monastère rassure les habitants. Les prières quotidiennes des religieuses protègent leurs enfants et leurs récoltes. Pourtant le mystère de ce lieu où aucun villageois ne peut pénétrer sauf les métayers de la Borie des Dames, alimente les commérages. Des rumeurs circulent sur des visites nocturnes des « Messieurs de la Noblesse » et de prêtres venant régulièrement en retraite.

— Qu'est-ce que tu racontes, t'as déjà mis les pieds au monastère ?

— Non tu sais bien qu'on n'a pas le droit, mais du haut du ravin de Sainte Catherine, pas plus tard que la semaine dernière, j'ai vu une sœur qui courait le long de la Coulagne, tu sais, là où y a le champ de pommiers ? Elle hurlait en direction du monastère. J'ai cru d'abord que c'était la bête[11] qui la poursuivait car je voyais pas bien avec les feuillages et ben non c'était un homme en soutane, il lui a sauté dessus comme un épervier sur un mulot. Après j'ai pu rien entendre et pu rien vu.

— Toi faut toujours que tu racontes des mentes !

Mais certains disent que c'est possible, que l'ancien curé de San-Laccho a bien été surpris dans un champ avec une gamine. Ça avait fait toute une histoire même que le père avait failli le tuer avec son fusil. Du coup on ne l'avait plus revu et c'est le Père Lebrun qui l'avait remplacé et qu'est toujours là.

---

[11] La bête du Gévaudan

L'homme pose ses pièces sur le zinc et attrape les deux cubes de tabac gris que lui tend Abel. Dialogue sans parole, ici on économise les mots pour la routine : une main fermée avec le pouce plongeant vers le bas et un p'tit blanc est versé, une autre paluche saisit la carafe d'eau et la dosette de pastis vient se pencher sur le col du verre.

Le patron a l' œil partout, serre une main, se contente d'un signe pour d'autres, hoche la tête à celui qui parle, esquisse parfois un sourire. Abel sait qu'il ne faut pas trop donner son avis s'il veut que son café tourne. Alors on l'entend parfois répondre : « oh tu sais moi j'en pense pas grand-chose » ou « j'ai pas tout compris », si certains insistent.

L'homme aime venir là pour ces raisons. Il s'installe toujours au bout du comptoir, dos à la fenêtre, une fesse appuyée sur le tabouret, prêt à partir. Tout le monde le sait, lui laisse la place quand elle est occupée, non par crainte mais par habitude. C'est un des derniers anciens du village, on lui jette quelques coups d'œil respectueux, les plus âgés osent un « ça va Fernand ? » sans attendre de réponse sachant que c'est un taiseux. On entend seulement sa voix rude quand il repart et crie à son chien sagement assis dehors : « allez Diane on file ».

Alors quand soudain il questionne le curé, le coude levé pour s'en jeter un derrière le col, tout le monde suspend son geste, même le Firmin des Salles qui s'en étrangle et Abel qui s'arrête d'essuyer les verres. On dirait une scène de la vie quotidienne immortalisée par un flash.

— Dites-donc M'sieur l'curé, vous avez déjà vu une croix qui s'accroche à l'envers ? demande l'homme.

— Pourquoi vous me demandez ça ?

Le curé interloqué n'a jamais vu le Fernand s'intéresser à la chose religieuse et se demande même si ce n'est pas lui qui placarde des affiches pour « les rouges » aux pieds de son église.

— Et pourquoi pas ?

L'homme se renfrogne et regrette sa question. Maintenant tout le monde va parler sur lui une fois qu'il aura le dos tourné.

— C'est des histoires de Satan tout ça, vous allez apporter le malheur à Saint-Léger.

D'un seul mouvement tous les crânes se tournent vers la voix féminine qui a lancé cette plainte. C'est la grosse Josette, la femme d'Abel qui reste toujours dans la cuisine sauf quand c'est la fête au bistrot et qu'elle aide à servir. Son mari lui jette un regard noir qui lui fait tourner les talons aussi rapidement qu'une danseuse.

— Ben oui elle a raison, tout le monde le sait, les croix à l'envers c'est pour faire de la magie noire.

Ça, c'est le fils Messonier de Fau de Peyre, un col blanc qui la ramène toujours. Les autres le surnomment, « celui qui pète plus haut qu' son cul » car il a un avis sur tout et puis il est pas de la commune …

— C'est sûr que toi dans ton trou, tu dois en croiser des sorciers.

Le gars Moulin des Gratoux ricane de sa blague en se tapant sur les cuisses.

— Saint-Léger-de-Peyre, c'est pas non plus la ville ! rétorque le fils Messonier. Les bouseux sont nombreux.

Le ton monte, les esprits s'échauffent, on sent les poings se durcirent dans les poches, l'honneur de San-Lacho est bafoué, personne n'a le droit de critiquer le village, seul privilège des habitants. Le curé descend de son siège, manque de glisser sur sa soutane, lève ses bras potelés au ciel et s'interpose :

— Reprenez vos esprits ! Toi, si y avait pas les paysans, tu mangerais quoi ?

L'autre baisse le nez, le cou taché du rouge de sa honte.

Puis le curé s'approche de Fernand en train de s'éclipser, une main sur la poignée de la porte, furieux d'avoir déclenché la dispute.

— Attendez un peu, je veux bien répondre à votre question et vous tous, vous allez en profiter. L'homme d'église regarde vers la cuisine. Toi Josette je sais que tu m'entends, alors rejoins-nous si tu veux savoir.

La patronne pointe son chignon en nid de merle, regarde son mari qui acquiesce et se glisse à côté de lui derrière le comptoir.

De mauvaise grâce, Fernand se retourne, se colle à la porte, prêt à sortir et s'oblige à écouter le curé. L'envie de comprendre l'énigme de sa découverte le pousse à rester.

L'homme d'église sort de sa poche une montre à gousset, s'aperçoit de l'heure qui tourne. Il devra encore courir pour ne pas faire attendre ses paroissiens à la deuxième messe de la matinée.

— Je vais être rapide, je pourrais vous éclairer pendant mon prêche mais... son regard fait le tour de la salle et des clients. Il y en aurait trop qui manqueraient à l'appel du Seigneur. Son œil frise et on y décèle plus d'humour que de reproches.

Il poursuit :

— La croix à l'envers s'appelle aussi la croix de Saint Pierre car Pierre a demandé à être crucifié la tête en bas.

Les yeux s'écarquillent, quelle idée de demander un truc pareil !

— Mais oui, affirme le curé, simplement par humilité car LUI était très humble.

Certains lancent un coup d'œil au fils Messonier.

— Saint Pierre pensait qu'il n'était pas digne de mourir comme Jésus. Beaucoup de personnes ne le savent pas mais à l'origine c'est bien un symbole chrétien. Tous les papes utilisent l'emblème de la croix inversée pour suivre son exemple. Dans les peintures religieuses très anciennes, cette croix figure parfois. Voilà Monsieur Fernand, ça vous va comme explication ?

L'homme est surpris davantage par le « Monsieur » que par l'éclaircissement du curé. Il bafouille un « merci mon père » et se sauve, suivi par son chien qu'il semble avoir oublié.

*****

Fernand assis à sa table, écarte les épluchures de pommes de terre, rentre son ventre pour ouvrir le tiroir et empoigne le crucifix. Quelle idée il a eu de se faire remarquer au bistrot ! C'est comme si la vue du curé lui avait sorti la question du bec. Il inspecte la croix. En tout cas si c'est Saint Pierre, il ressemble au christ comme deux gouttes d'eau. De son ongle de pouce, il gratte le petit médaillon émaillé mais les signes gravés ou peints restent barbouillés d'un voile jaunâtre.

Il se lève, prélève une louche d'eau bouillante des patates qui s'agitent dans la marmite, la verse dans un bol avec une pincée de gros sel. Il se rassoit posant délicatement le récipient devant lui et improvise un bain de pieds à Saint Pierre. Avec la petite brosse restée sur la table, il frotte délicatement l'émail alternant plongée et égouttage. Progressivement, la plaque blanchit et laisse apparaitre non pas une écriture mais un dessin. Fernand ouvre de nouveau le tiroir pour en extraire une loupe.

Il s'approche de la fenêtre, pose l'objet au plus près du jour et tente de comprendre ce qu'il voit. En premier il reconnait la queue panachée d'un oiseau, certainement un coq posé sur deux clés entrecroisées. Je suis bien avancé maintenant, qu'est-ce que je peux faire de tout ça ?

Pendant qu'il y est, il va examiner aussi de plus près la bague rangée précieusement. A quel endroit ? Fernand se gratte la tête, il l'a déplacée deux fois hier dans la journée et une fois cette nuit. Il craint d'être volé, davantage par peur du qu'en-dira-t-on que pour la valeur de l'objet. Pourtant il sait qu'il n'a rien à craindre, personne ne vient chez lui, les voleurs n'existent pas à San-Lacho.

Alors réfléchissons… quand je me suis levé cette nuit, je suis allé où? Vers l'armoire, je crois bien. Il ouvre les deux battants, regarde un peu hébété toute l'épicerie installée sur les étagères tapissées de journaux et finit par saisir de sa grosse main une boîte en fer blanc. La bague est bien là apparaissant dès que Fernand prélève les quelques morceaux de sucre qui la recouvrent. Apportée sur la table, la belle prend à son tour un bain, astiquée par la brossette puis séchée dans le torchon un peu crasseux attrapé au clou de l'évier. L'anneau est petit, ce doit être une femme qui le portait. Avec la loupe il discerne mieux les ciselures gravées dessus, des sortes d'arabesques en relief. L'ovale de la pierre est serti dans un métal argenté martelé de petites bosses qui font la ronde.

Je peux tout de même pas la porter à Marvejols chez le bijoutier pour la montrer et connaitre son ancienneté ! Pareil pour la croix, le curé poserait trop de questions…

Hier il est retourné fureter dans la chazelle. Sa lampe de poche a mis en lumière chaque pierre, ses doigts ont testé leur fixation, parcouru les bosses et les creux sans dénicher d'autres trouvailles. Ce qui l'étonne, c'est comment son chien a pu extraire de la cachette la pierre qui la masquait. Et puis comment le clou branlant fixé au mur a pu soutenir Saint Pierre si longtemps ?

Toute cette histoire l'ennuie ou plutôt a détraqué l'horloge de ses journées, sa solitude et son rituel depuis dix ans, depuis que sa sœur Aimée est morte. Comme ils étaient bien tous les deux à partager la maison des parents depuis longtemps endormis « au boulevard des allongés » ! Le père était mort en premier, bêtement éventré par la corne de sa vache.

Aimée… il lève la tête vers sa photo posée sur la cheminée, elle doit avoir neuf ans. Sa petite sœur est passée comme lui à côté de la vie. La mère s'était toujours appuyée sur eux comme deux béquilles qu'elle n'avait jamais voulu lâcher. Son veuvage brutal l'avait noircie tel un ciel d'orage. Toujours à râler, à ordonner, à empêcher qu'une petite lueur les anime. Alors point de gars ou de fille qui viennent voler sa progéniture. Les seuls prétendants qui s'étaient risqués à braver ses foudres avaient vite renoncé. Un simple soupçon ou le début d'une rumeur la précipitaient chez les parents de l'infortuné(e) et suffisaient à briser la liaison, s'il y en avait une ... Les gens ne voulaient pas d'histoire.

Fernand a serré la bague si fort que la trace est moulée dans sa paume. Il ressent encore la honte et les moqueries quand il devait descendre au village et repense amèrement à celle qui en avait épousé un autre, lassée d'attendre sa proposition. Il avait repoussé chaque jour le moment d'en parler à sa mère et celle qu'il aimait (aujourd'hui encore il ne peut   prononcer son prénom sans ressentir de la rancœur) avait pris pour mari un fainéant, bien fait pour elle, mais pas fainéant pour lui faire un gosse dans la foulée.

Pourtant il n'en voulait pas à sa mère, il ressentait même de la   pitié. Leur mère était une fille de l'Assistance, elle avait dû en baver même si elle n'en parlait jamais. Alors quand elle était   morte   de la tuberculose, eux aussi s'étaient   sentis orphelins, plus personne pour tenir les béquilles. L'envie de fonder une famille était partie et puis le choix de trouver quelqu'un de libre s'était considérablement réduit. Malgré tout, leur vie était devenue plus belle, même s'ils avaient continué à travailler comme des acharnés, le jardin, les cueillettes, les moissons, les vaches… Ce sont eux, Aimée et lui qui décidaient et dans le calme, même si bien sûr ils se houspillaient.

La bague dans une main, le crucifix dans l'autre, Fernand se retrouve comme un petit garçon qui aurait volé les jouets d'un autre. Aimée aurait su quoi faire, lui aurait dit où et comment chercher des renseignements. Elle était plus futée que lui. Gamine, elle lisait tout ce qui possédait une écriture, il la revoit déchiffrer les journaux qui emballaient les achats du marché avant que leur mère ne s'en serve pour tapisser les placards. Elle dévorait les rares bouquins de l'école et même la bible, le seul livre de la maison que la mère autorisait à feuilleter pour les images mais seulement en sa présence, autant dire très rarement au vu des corvées quotidiennes. « Il a toujours été dans la famille de votre père » répétait sa mère. C'est pourquoi après sa mort, comme pour rattraper les heures interdites, Aimée dévorait le gros livre en fin de journée en s'installant près de la fenêtre. Il la revoit hochant la tête ou levant son regard pour le perdre dans un autre monde, peut-être pour mieux s'imprégner du texte sacré.

Il replace les objets dans le tiroir et va chercher la bible toujours rangée dans la chambre d'Aimée. Il n'aime pas trop y pénétrer mais peut-être trouvera-t-il quelque chose dans ce livre ? Il ouvre la porte, la chambre est petite, le lit est fait, surmonté d' une simple croix en bois qui renforce l'austérité de la pièce. Les petites roses en bouquet du papier peint défraichi laissent deviner que l'ambiance était toute autre avant…

Il ouvre le petit placard incrusté dans le mur et se trouve face à la bible posée à plat sur l'étagère. Il la saisit et l'emporte en sortant précipitamment de la chambre.

Le livre est plus petit que dans ses souvenirs. Sur la tranche en gros cuir craquelé est inscrit en lettres capitales dorées « MISSEL » et chose étrange, sur le dos de la couverture est gravée une petite croix à l'envers avec le coq et les deux clés. Un missel c'est la même chose qu'une bible ? Se pose-t-il comme question. C'est vrai qu'il n'a jamais entendu sa mère ou sa sœur prononcer le mot. Elles disaient comment déjà ? Je vais regarder « Le Livre ».

Il pose « la bible » sur la table après avoir essuyé les gouttes échappées des ablutions de Saint Pierre et de la bague. Les feuilles sont délicates, encore plus fines que son papier à rouler. Les textes en latin alternent avec de courtes phrases en français, le tout agrémenté d'illustrations, de scènes religieuses où parfois il reconnait la vierge Marie ou le Christ. A d'autres endroits, une accumulation d'objets enchevêtrés, calice, croix, aube composent une frise encadrant la page entière.

« Préface de l'épiphanie »…« préface du carême »… « préface de la croix »… Plus les chapitres défilent, plus Fernand a un air hébété se demandant ce qu'il pourrait bien découvrir et comment sa sœur pouvait passer autant de temps à le lire, elle qui comme lui ne comprenait pas le latin. Finalement il le referme, repense à Aimée près de la fenêtre, le nez en l'air. Elle devait prier…

Perdu dans ses réflexions, ses mains caressent machinalement le cuir abimé, passent et repassent sur la colle craquelée des arêtes. Soudain la callosité de sa paume accroche un angle et dédouble une partie de la couverture. Merde alors ! J'ai abimé la bible ! C'est idiot mais il se sent honteux comme s'il avait commis une faute grave. Ce doit être par respect pour ses parents et pour Aimée qui manipulait le Livre avec beaucoup de précautions.

Faut dire qu'il parait très ancien. Il regarde les dégâts et constate que la couverture est seulement décollée mais pas déchirée. Un point de colle et on n'y verra plus.

Il coince alors le missel entre ses cuisses, soulève de l'index la partie abimée et s'apprête à glisser son pinceau englué de colle. Mais ses yeux semblent percevoir comme une carte jaunie glissée dans l'épaisseur de la couverture. Ses gros doigts ne peuvent l'atteindre, il pique alors délicatement la pointe de son laguiole sur sa découverte et parvient à l'extirper.

Il s'agit d'une image pieuse comme il en a vu aux communions ou lors des processions. Celle-ci est sobre. Elle représente un ange aux longs cheveux bouclés, vêtu d'une robe blanche comme ses ailes. Il est agenouillé, les mains jointes devant un calice doré d'où jaillit une croix. Des fleurs roses sont la seule tache de couleur qui anime délicatement la posture un peu figée de l'ange. Une phrase en latin souligne le tout.

Il retourne l'image et déchiffre l'écriture minuscule presqu'effacée. Muni de la loupe toujours à disposition dans le tiroir, il parvient à lire :

« Pour Thaïs » signé maladroitement Marie-Anceline comme s'il s'agissait d'un enfant qui s'exerce à l'écriture.

Tels de gros nuages noirs agglutinés les uns derrière les autres, les bénédictines voutées et emmitouflées dans leur cape de cadis affrontent le vent hivernal pour se rendre aux Mâtines, au rythme des cent coups de la cloche annonçant l'office. La chapelle glaciale les accueille dans son odeur d'encens protectrice et les invite à retrouver chacune leur place immuable depuis leur arrivée dans la communauté. Marie-Anceline et l'autre novice se glissent au troisième rang, s'agenouillent et unissent leurs prières silencieuses à celles de leurs sœurs. L'abbesse leur fait face, assise sur un grand fauteuil en bois. Malgré les soins prodigués pendant sa convalescence, sa jambe raide comme une béquille l'empêche de rester debout et encore plus de s'agenouiller. Sa main osseuse tourne les pages de son bréviaire.

— Mes sœurs, veuillez-vous relever. Il y a six mois je vous ai fait part de la fermeture de notre couvent, comme de tous les ordres monastiques, suivant un vote de l'Assemblée nationale. Des délais ont été obtenus pour organiser notre départ mais l'échéance est malheureusement arrivée. J'ai dû remettre aux représentants de la commune l'inventaire des biens du monastère qui comprend les terres et les fermages pour pouvoir établir le montant de nos traitements. Dans deux semaines, il nous faudra quitter le monastère définitivement, pour suivre chacune des voies différentes.

Sa diction habituellement fluide comme le filet d'eau qui s'écoule de la petite source est aujourd'hui brouillée par un voile qu'elle tente par un toussotement sec de chasser.

— C'est une nouvelle épreuve que Dieu nous envoie mais nous ne serons pas seules à la surmonter.

Après avoir enlevé un signet glissé entre les pages de son bréviaire, l'abbesse chausse ses lunettes et commence à lire le passage choisi.

L'Eternel marchera lui-même devant toi, il sera lui-même avec toi…

Marie-Anceline se demande si Dieu ne l'abandonne pas une nouvelle fois après lui avoir donné la chance d'intégrer cette communauté à seize ans, à sa sortie de l'orphelinat. Seize ans de brimades, de menaces et de corvées qu'elle préfère oublier. Pendant ces longues années, une seule lumière la réchauffait, celle du doux regard de la religieuse venant la visiter une fois par an, sœur Raymonde. L'entretien se passait dans le bureau de la mère supérieure dirigeant l'institution. Marie-Anceline se contentait de répondre par oui ou non à toutes les questions de la religieuse. Mais ce court moment suffisait à lui laisser supposer qu'autre chose de plus léger pouvait exister ailleurs. Son ton et la douceur de sa voix quand elle prononçait son prénom, contrastaient si violemment avec « Chambon » aboyé par les sœurs de l'orphelinat.

L'année de ses seize ans, à la fin de la visite, la mère supérieure s'est levée et a lâché « Chambon, allez chercher vos affaires et suivez sœur Raymonde, vous nous quittez ». Interloquée par la nouvelle, Marie-Anceline s'était sentie incapable de bouger. « C'est un ordre Chambon ».

Sœur Raymonde s'était levée à sa place et avait regardé Marie-Anceline « Je vous attends dans le hall ». C'est seulement à ce moment qu'elle avait pu se détacher de sa chaise et sortir sans poser de questions.

Son bagage était mince, une chemise, une jupe et quelques petites affaires ne parvenaient pas à gonfler son sac en toile dont une anse était décousue. Avant de regagner le hall, Marie-Anceline s'était dit qu'il était peut-être poli de repasser par le bureau de la directrice pour lui dire au revoir mais personne n'avait répondu aux deux coups discrets qui s'excusaient presque d'oser frapper à la lourde porte.

Dans le hall, seule la religieuse Raymonde, l'attendait. Marie-Anceline l'avait suivie, quittant sa première maison sans un message, même de menaces, seulement un vide, l'immense vide profond et noir du puits où elle chutait depuis sa naissance.

Il ne te délaissera point il ne t'abandonnera point, ne crains point et ne t'effraye point (deutéronome 31 : 8)...

Marie-Anceline craint de quitter la communauté, le monde l'effraie, elle accompagne rarement les sœurs en dehors du monastère. Les religieuses sont sa famille, d'ailleurs elle porte le nom de Chambon. C'est la première chose qui l'a surprise quand sœur Raymonde lui a appris qu'elle entrait chez les bénédictines de Notre Dame de Saint Pierre du Chambon. En arrivant elle a immédiatement été conduite auprès de l'abbesse qui lui a révélé son histoire.

Un soir, les religieuses ont trouvé, enroulé dans une couverture, un nourrisson qui visiblement venait de naitre. Aucun mot, aucun vêtement, l'enfant affamé hurlait à pleins poumons. Une sœur a couru à la Borie des Dames, la métairie du monastère, pour demander à la fermière de l'allaiter, elle-même venant d'accoucher. Marie-Anceline est restée trois mois puis a été confiée à l'orphelinat. « Ces fermiers étaient trop pauvres pour nourrir une bouche supplémentaire » lui a expliqué la mère supérieure. Marie-Aimée Chambon lui a été donné comme nom de baptême. Aimée comme la religieuse qui l'avait trouvée et Chambon comme le lieu où un inconnu l'avait déposée. Les sœurs ont célébré son baptême dans la chapelle du monastère en présence du prêtre de Saint-Léger-de-Peyre. Chaque année une visite à l'orphelinat permettait de s'assurer de la bonne évolution de Marie-Aimée avec l'engagement auprès de la directrice de l'accueillir à ses seize ans au couvent pour faire son noviciat.

Comme le veut la tradition, la jeune fille avait choisi un nouveau prénom, celui de Marie-Anceline pour son entrée en religion. Une nouvelle naissance ou plutôt une renaissance, c'est ainsi qu'elle avait vécu ce passage. Désormais, elle appartenait à une famille et son nom s'enracinait dans ce lieu.

L'office s'achève. Les sœurs quittent la chapelle par la travée centrale, en file indienne tel un long rosaire. C'est le moment où elles vont procéder, à tour de rôle, à une toilette rapide dans une pièce attenante aux cellules, une sorte de souillarde où seuls un broc et une cuvette émaillés reposent sur une petite table. L'endroit est humide et froid et privé de fenêtre, il permet à chaque religieuse de se laver dans l'obscurité. Apres avoir prélevé quelques brins de saponaires du gros sac en jute accroché au mur, elles frottent un linge humide pour obtenir une mousse parfumée. Seule une bougie placée au sol dans un angle de la pièce leur offre une vision d'aveugle pour savonner leur corps avec chasteté. En attendant leur tour, les autres religieuses se reposent ou lisent des prières. Là aussi un ordre de passage est établi.

Marie-Anceline est agenouillée dans la chapelle, seule protectrice depuis l'annonce de l'abbesse. Plus que les prières, l'arrondi des arches et la statue de Marie enveloppant Jésus dans le drapé bleuté de ses bras, l'apaisent. Depuis des semaines, son corps devient étranger, une plaie ouverte, il la dégoûte, d'ailleurs elle ne se lave plus. Quand vient son tour d'entrer dans la souillarde, la peur la paralyse, elle s'accroupit à côté de la bougie et compte jusqu'à cent avant de ressortir. L'idée de sentir cette peau sous sa main, la fait trembler et augmente ses nausées. Depuis l'annonce du départ, tout son être en rejette l'idée, même la nourriture est expulsée par de douloureux hauts- le-cœur.

Une main se pose sur l'épaule de Marie-Anceline, elle se croyait seule dans la chapelle mais l'abbesse est là et lui demande de la suivre. Elle la guide vers le petit retable aux lignes sobres, situé derrière l'autel. Deux gros bouquets de fleurs séchées trônent sur l'étagère sombre qui abrite les trois panneaux de bois en attendant d'accueillir les jolies fleurs colorées de la belle saison. L'ensemble du meuble est coiffé de huit croix, alignées dans une symétrie parfaite. L'abbesse se signe et pose une main sur un crucifix accroché sur le panneau de gauche. Marie-Anceline n'a jamais assisté à ce cérémonial et n'en comprend pas le sens. L'abbesse se dirige ensuite vers la sortie, et toujours par son regard silencieux, l'appelle à la suivre.

Le vent souffle encore et ne parvient pas à effacer la noirceur hivernale, le jour devra encore attendre pour pointer le rose pâle de ses joues.

L'abbesse traverse le jardin de plantes officinales pour accéder à « la maison des convalescentes », petite habitation qui servait autrefois à isoler les religieuses atteintes d'une maladie contagieuse. Aujourd'hui ce lieu est réservé uniquement aux entretiens confidentiels entre l'abbesse et les sœurs ou aux visiteurs importants tels que l'Évêque ou les personnes de la noblesse.

Pour la deuxième fois, Marie-Anceline pénètre dans cet endroit, la première était au moment de son arrivée.

L'odeur est la même, mélange de terre et de pierre froide. De gros pots en terre marbrés de fêlures sont remisés au pied des murs.

L'abbesse prend place derrière le petit bureau où un encrier et une plume patientent jusqu'à la prochaine missive. D'un geste de la main, elle fait signe à Marie-Anceline de s'asseoir.

—   Le moment est venu de partir, tout est organisé pour que vous quittiez le couvent cet après-midi à la fin de l'office des nones.

—   Mais, ma mère, vous aviez dit dans deux semaines.

—   Oui mais votre état m' oblige à vous trouver un lieu sûr.

Marie-Anceline ne comprend pas, certaines sœurs souffrent de maux bien plus handicapants. Hier, sœur Raymonde a même craché du sang.

L'abbesse reprend mais cette fois son regard est presque fuyant.

—   Sœur Marie-Anceline, les métayers de la Borie des Dames, ceux-là même qui vous ont accueillie bébé, sont prêts à vous héberger dans le plus grand secret.

—   Mais ma Mère, je croyais qu'ils étaient trop pauvres et puis pourquoi me cacher ?

—   Pour ce qui est des frais de nourriture, je leur ai donné suffisamment pour couvrir toutes les dépenses pendant au moins deux ans. Et votre grossesse ne doit pas être ébruitée.

Marie-Anceline regarde hébétée l'abbesse. Que raconte-t-elle ? La mère supérieure   deviendrait-elle sénile comme sœur Aimée qui lui demande chaque fois son prénom ?

—   Mais…

Aucun son ne parvient à suivre ce « mais ». Pourtant elle voudrait rappeler à l'abbesse tout son engagement envers Dieu, son bonheur depuis ses vœux d'entrer en religion. Sa gorge se serre comme un étau écrasant l'image monstrueuse qui commence à se former. La novice cherche à l'étouffer pour ne pas la vomir dans ce lieu recevant depuis des siècles tous les miasmes, humeurs, déliquescences des corps soumis à l'isolement, telle la contrainte imposée ce jour par l'abbesse. Elle n'a jamais trahi ses vœux et celui de chasteté encore moins. Qui a pu médire sur elle et la salir ? Marie-Anceline tremble, elle va s'évanouir, une sueur glaçante sillonne son corps comme un serpent, se glisse sous ses aisselles, descend le long du dos et termine sa course dans la chaleur de l'urine enlaçant ses cuisses.

Elle se sent glisser doucement de sa chaise. Son regard se voile, elle ne lutte pas contre le brouillard qui l'enveloppe et floute les images. Où est-elle ? Son lit est froid et encore plus dur qu'à l'accoutumée.

— Sœur Marie-Anceline, sœur Marie-Anceline !!!

La voix est proche, sourde, on doit surement l'attendre pour le prochain office mais sa tête est trop lourde pour sortir de son sommeil plombé.

Une forme noire la domine, de grandes manches s'agitent comme les ailes d'un rapace, des mains griffues lui donnent même de petites gifles. Cette fois elle va se débattre, elle ne sera plus cette poupée molle que quelqu'un éventre suivant son envie.

La main se plaque sur son front comme la dernière fois, Marie-Anceline puise en elle ses dernières forces pour repousser son agresseur qui bascule et étouffe un cri.

Marie-Anceline se redresse, s'étonne d'être encore dans la petite maison, assise au pied du bureau face à l'abbesse qui grimace de douleur.

— Oh ma mère, pardonnez-moi, j'ai cru que…
— Je sais mais aidez-moi à me relever, nous n'avons plus beaucoup de temps.

Marie-Anceline parvient à se redresser malgré ses jambes flageolantes. Toute la souillure de son corps négligé depuis des semaines, s'échappe par vagues nauséabondes. Son ventre d'un coup s'arrondit et lui donne la sensation d'une armure qui se fissure et laisse échapper tout ce qu'elle a occulté depuis son viol. Elle parvient toutefois à hisser la mère supérieure sur la chaise. Celle-ci tente de retrouver une attitude sereine mais son teint gris et ses épaules affaissées trahissent sa lassitude et la lourdeur des évènements survenus ces dernières minutes.

D'une main tremblante, elle indique à Marie-Anceline de reprendre place et la prie de l'écouter sans l'interrompre.

De toute façon, ses sanglots retenus gonflent douloureusement sa gorge et l'empêchent de prononcer un mot.

— Sœur Marie-Anceline, ou devrais-je dire Marie-Aimée puisque vous allez devoir quitter l'ordre des bénédictines. Marie-Anceline a un sursaut. Mais vous ne quitterez pas Dieu, il sera toujours là pour vous guider. Il vous faut affronter cette épreuve et prendre soin de l'enfant qui naitra.

L'abbesse s'interrompt, glisse une main dans les plis de sa robe et dépose devant la novice une bague.

— Prenez- là, c'est l'améthyste de l'abbesse Marie-Agathe de Saint For, celle peinte sur le tableau de ma chambre. Elle s'est toujours relevée des épreuves subies par la communauté, que ce soit du fait des hommes ou des éléments. Cette pierre vous protégera. Elle symbolise la pureté et l'humilité, ce qui vous qualifie encore aujourd'hui. Les éclaboussures des autres ne doivent jamais atteindre votre intégrité. Priez ma fille et vous serez sauvée.

Marie-Anceline glisse la bague dans sa paume et la serre pour se raccrocher à quelque chose.

— Maintenant, allez à la toilette, j'ai glissé sous votre lit des affaires chaudes et un petit pain. Vous porterez ces habits sous votre cape. A la fin du prochain office vous resterez dans la chapelle comme tout à l'heure et vous emprunterez un chemin que même nos sœurs ne connaissent pas. L'entrée se situe derrière le panneau de bois du retable où j'ai posé ma main. Il suffit de tourner le crucifix pour l'ouvrir et faire pivoter la troisième croix. Vous pourrez ainsi emprunter le tunnel menant à la Borie des Dames. Refermez bien la porte derrière vous. L'arrivée débouche derrière une croix en granit qui borde le chemin. Quelqu'un vous attendra pour vous conduire discrètement à la métairie.

*****

Marie-Anceline frotte son corps dans une rage qui a trop tardé à s'exprimer, elle frotte si fort que le froid de la pièce ne la saisit pas. Une énergie décuplée a fait place à sa grande faiblesse survenue après la dure révélation prononcée par l'abbesse. Elle ne veut pas sombrer, ce serait renier tout ce que la congrégation des bénédictines lui a insufflé, les épreuves qui renforcent son amour de la vie et des autres, qui la rapprochent encore un peu plus de Dieu.

Soudain, Marie-Anceline croit percevoir des cris à l'extérieur. L'abbesse serait-elle encore tombée ? Vite, elle se dépêche de revêtir les vêtements préparés pour son prochain départ, glisse le pain dans la grande poche accrochée en bandoulière sur sa robe et se recouvre d'une pelisse et d'une écharpe en laine. Mais les hurlements sont si forts qu'elle sort précipitamment de la souillarde pour se diriger vers la chapelle d'où provient ce raffut, oubliant d'enfiler son habit religieux par-dessus les vêtements et son voile. Les cris sont plutôt des ordres hurlés par une voix masculine. Entrouvrant la petite porte située vers l'abside, elle aperçoit avec horreur les sœurs massées dans le chœur, menacées par un homme armé d'un bâton et un deuxième qui détruit rageusement les statues et tous les tableaux représentant le chemin de croix. Que veulent-ils ? Appartiennent-ils à ces républicains   qui exècrent   tout signe religieux et n'hésitent pas à menacer de   déportation   jusqu'à Cayenne, tous les prêtres réfractaires à la Constitution ? Sont-ce de simples pilleurs ? Elle doit se dépêcher de chercher de l'aide au village, elle sait que les villageois sont fidèles à leur foi et à ceux qui la répandent mais au moment de se retourner,   un homme petit et trapu enserre son bras   pour la pousser brutalement   dans la chapelle.

—   J'ai trouvé une jolie poulette, ça doit être la bonniche.

Les sœurs aussi pâles que la cire des cierges se retournent   d'un seul corps et d'un seul   regard inexpressif. Elles ne semblent pas la reconnaitre, est-ce l'absence de sa coiffe et de son habit ou la peur qui les figent? Marie-Anceline   voudrait   se fondre dans   la masse, n'être qu'une sœur parmi les sœurs   mais l'homme la maintient   à l'écart. Soudain,   de son bras resté libre, l'homme   fait table rase des quelques objets pieux qui ornent l'autel.

—   Voilà une table digne de recevoir les meilleures victuailles ! Mesdames, vous allez nous servir et nous offrir toutes les bonnes choses qui doivent être cachées dans vos réserves. Allez la bonniche, montre-moi le chemin pour rapporter tout cela.

Des rires gras dégoulinent de leurs trognes rougeaudes.

Marie-Anceline ne peut détacher ses yeux des yeux de ses sœurs qui maintenant lui envoient des signes de fraternité dans la douceur de leur regard.

L'abbesse reste figée, la fixe sans ciller et juste au moment où l'homme l'entraine brutalement, Marie-Anceline parvient à lire sur ses lèvres « sauve-toi ».

Dehors, le vent froid ravive soudain la jeune novice et la sort de son état de sidération. L'homme claudique légèrement ce qui ne l'empêche pas de la pousser régulièrement pour avancer plus vite.

— Et tu prendras une brouette pour tout rapporter, lui hurle-t-il.

Marie-Anceline le guide vers la petite maison « des convalescentes » lui laissant croire que les vivres et les fûts de vin sont entreposés là et qu'une carriole sera garée au fond du potager. Son but est de se rapprocher du seul petit sentier reliant le couvent à la Borie des Dames pour tenter de s'échapper. Fuir par le ravin de Sainte Catherine serait une erreur. Marie-Anceline réfléchit à toute allure mais l'homme, après chaque bourrade pour accélérer sa marche, resserre régulièrement ses doigts épais sur son bras.

Après l'affaire de la croix inversée, Fernand n'est pas retourné au bistrot depuis quinze jours. Pas envie qu'on lui pose des questions ou que des sourires fusent à son arrivée. Le souci est qu'il n'a plus de tabac, il a pourtant fureté dans tous les endroits pouvant receler quelques brins échappés : poches , tiroirs , étagères, rebords de fenêtres et même la margelle du puits où il aime fumer sa dernière cigarette pendant que Diane renifle et arrose deux trois plantes du jardin . Mais l'urgence est là, ses doigts s'affolent entre la blague à tabac plate comme un ventre affamé et sa bouche orpheline du mégot habituellement niché à la commissure des lèvres.

Il est neuf heures, il pousse la porte du bistrot et comme il l'espérait, le comptoir est pratiquement désert. Seul un jeune homme, pantalon noir et chemise blanche, sacoche en cuir à ses pieds, sirote un café. Il s'agit certainement d'un représentant de passage. Abel coincé derrière la tireuse à bières salue Fernand d'un grand sourire, pose deux paquets de tabac et un de feuilles sans commenter sa longue absence.

–   Ah ! salut Fernand, en forme ?

Et sans attendre sa réponse, il enchaine :

–   Tu tombes bien, toi la mémoire du village, tu vas peut-être pouvoir aider ce jeune homme. Monsieur Trünel a rendez-vous ce matin à la mairie pour trouver un de ses ancêtres dans les registres mais est-ce que tu te rappelles d'une famille Pagès ? Non …comment déjà ?

–   Fagès

–   Allez-y jeune homme, redites un peu ce que vous m'avez raconté, l'encourage Abel.

Le « représentant » hésite, il s'est un peu lâché avec le cafetier en attendant d'aller à la mairie mais il ne s'attendait pas à raconter une deuxième fois son histoire.

—   Voilà, ma grand-mère aurait pendant un temps habité votre village, au début du siècle. Je suis en train de faire des recherches sur ma famille du côté de mon père mais je n'ai pas trop de renseignements, juste un courrier d'une cousine envoyé à ma grand-mère qui lui demande si elle se plait à Saint-Léger-de-Peyre et si les enfants dont elle s'occupe sont gentils.

Le jeune homme s'arrête là, il ne va pas recommencer à parler de sa grand-mère qui était de l'Assistance publique. Et puis le vieux n'a pas l'air de l'écouter.

–   Alors ça te dit Fagès ? demande Abel les deux mains appuyées sur le zinc.

Fernand fait la moue tout en roulant sa cigarette. Tant qu'il n'aura pas tiré sa première bouffée, son cerveau se fichera pas mal de cette histoire et même après, qu'est ce qui veut savoir ce fouille-merde ? C'est pour récupérer des terres ? Abel qui d'habitude ne se mêle pas des histoires des clients, a l'air aujourd'hui complètement happé par celle-ci. Qu'est- ce que le représentant a bien pu lui raconter pour qu'il le presse comme cela ?

Fernand gratte une allumette, enflamme le bout de sa cigarette et aspire, les yeux fermés... délice du matin. Puis il réclame un petit blanc, s'assoit à sa place habituelle, ce qui l'éloigne du jeune homme.

Abel fait comprendre d'un signe désolé à son client qu'il n'obtiendra rien du vieil homme. Il le connait, déjà qu'il n'est pas bien bavard, aujourd'hui il porte en plus son masque des mauvais jours. Pourtant Fernand, réconforté par son poison comme disait sa sœur, fait mine de s'intéresser au sujet (mais il ne l'aidera pas !)

— Comment vous dites ? Fagès ? Et son prénom ?

— Marie mais sur le courrier, sa cousine l'appelle Gisèle, son deuxième prénom.

— Ah ben Marie ou Gisèle c'est pas pareil ! J'en ai connu une Gisèle, je crois qu'elle était bonniche chez des gens mais ce nom là ça ne me dit rien.

Abel voyant la grande déception du jeune homme questionne :

— Mais peut-être que votre grand-mère était déjà mariée, c'était quoi son nom de femme ?

— Mais non ! elle était trop jeune ! le jeune homme ne veut pas déballer tout le pedigree de sa famille et trouve finalement ces gens trop curieux.

— On ne sait jamais, insiste Abel

Le « représentant » ignorant la question, pose quelques pièces sur le comptoir, regarde sa montre et lâche :

— Houlà ! j'ai déjà cinq minutes de retard.

Puis il les salue « en les remerciant quand même ».

Après être sorti, il entrouvre la porte, passe une tête et avec un dernier espoir, précise un élément qu'il aurait dû donner dès le début de son récit :

— Elle travaillait pour une aviatrice.

Le jeune homme guette une réaction mais devant le regard vide du vieil homme, il referme la porte et tourne vivement les talons pour se diriger vers la mairie.

— Chez une aviatrice ? C'est bien la Gisèle dont je lui parlais tout à l'heure, lâche Fernand en léchant la deuxième cigarette qu'il vient de rouler.

*****

Le chemin est raide pour grimper chez ce Fernand et aujourd'hui, un soleil d'automne illumine les feuillages et donne une sensation de chaleur un peu lourde. Hubert Trünel attrape son mouchoir impeccablement repassé et noue un nœud à chaque coin pour le poser sur sa tête. Sa chemise colle, ses souliers vernis glissent sur les pierres saillantes. La tête lui tourne. Mais est-ce le soleil ou les nombreux verres de vin absorbés au bistrot où il a déjeuné après la mairie ? Il faut dire qu'il a accepté par politesse de trinquer à toutes les tournées proposées par la bande d'habitués collés au comptoir. Des sacrés soiffards ces gars-là et ça ne les empêche pas de retourner à leur travail après. Quelle idée d'avoir revêtu sa tenue du dimanche pour venir à Saint-Léger-de-Peyre consulter les registres d'état civil. C'est encore la faute de sa mère qui continue de le traiter comme un petit garçon. « Habille-toi correctement pour aller dans cette mairie ». C'est sans doute aussi un peu de sa faute puisqu'il lui obéit au doigt et à l'œil.

A vingt ans, Il préfère encore rester chez ses parents, par confort mais aussi parce qu'il les aime profondément. Ce sont des petits citadins gentils, paisibles, sans histoires, ni présentes ni passées. Alors la mort de sa mamie trois mois plus tôt, la maman de son papa, avait provoqué un cataclysme dans leur routine si douillette.

Toute la famille vivait chez elle. Mamie occupait la chambre du fond, au bout du couloir à gauche. Finalement elle n'avait jamais quitté son fils. Après l'avoir mis au monde, seule, pendant la grande guerre, elle avait appris deux jours plus tard que son mari « était mort pour la France » le 22 aout 1914 dans les Ardennes. Vingt années s'étaient écoulées, son fils unique s'était marié et avait choisi de rester chez elle même après la naissance d'Hubert.

La mort de Mamie a noyé son père dans un chagrin profond comme un puits sans fond, c'est ce qu'elle aurait dit. Hubert repense à son père inconsolable, des flots et des flots de larmes, des plaintes sourdes comme un animal blessé, d'embrassades du cercueil au point que sa mère avait dû le tirer par la manche pour qu'il ne suive pas Mamie dans la fosse. Hubert a tout géré, les funérailles, le tri des affaires et des papiers de sa grand-mère. Pourtant lui aussi était dévasté par sa peine, sa mamie était sa deuxième maman mais étonnamment il n'avait pas sombré comme son père. Bizarrement, sa mère ne s'était mêlée de rien et l'avait laissé totalement libre dans toutes les démarches. Après ce drame, une deuxième bombe avait explosé quand tout le monde avait découvert que la grand-mère Marie était de père et mère inconnus alors qu'elle avait toujours dit que ses parents étaient morts dans un accident de voiture quand elle avait trois ans. Le père d'Hubert n'y croyait pas, la mention écrite sur le livret de famille était une erreur ! Il avait envoyé son fils à Millau, chercher un extrait de naissance puisque semble-t-il c'était dans cette ville qu'elle était née. Mais sur ce document aussi, à l'emplacement où auraient dû apparaitre les noms des parents, figurait le mot terrible « inconnu ». La mort la rendait à son tour inconnue de son fils.

Alors son père avait épluché toute la correspondance entretenue entre sa mère et une certaine cousine Eugénie qu'il n'avait pas connue. Les feuilles jaunies et les cartes postales aux images désuètes témoignaient du temps lointain où elles s'écrivaient. Le ruban scellant cette correspondance était aussi serré que les liens entre ces deux femmes, c'est ce qu'il découvrait au fil des pages. Enfermé dans la chambre de Mamie, son père cherchait comme un amnésique qui ne reconnait plus sa famille, des preuves de l'histoire racontée par sa mère. Mais il découvrait une inconnue évoquant un lieu, Saint-Léger-de- Peyre, dont elle n'avait jamais parlé et un travail chez une aviatrice qui pourtant l'aurait fait rêver, lui qui passait son temps à fabriquer des maquettes d'avion.

C'est pourquoi aujourd'hui, Hubert envoyé par son père s'était rendu dans cette commune. « Va mon fils, moi je n'ai pas la force ».

Cette mission lui plait. A la maison, le climat est devenu plombé, plus de discussions à table. Alors s'échapper de cette ambiance pesante n'est pas pour lui déplaire. Et puis découvrir que sa grand-mère a eu une autre vie l'intrigue. Pourtant, c'est comme s'il l'avait toujours senti. Ouvrière et installée à la ville depuis toujours, du moins l'avait-il toujours pensé, Hubert s'étonnait souvent de ses connaissances de la vie à la campagne. Elle pouvait lui décrire avec précision le travail des moissons, les habitudes des volailles dans une basse-cour, la fête du cochon après la fabrication de la cochonnaille. « C'est dans les livres mon petit Hubert que j'ai appris tout cela ».

—   Ouaf- ouaf.

Un chien noir s'approche, il   aboie sans
conviction tout en remuant la queue, un batârd court sur
pattes avec une grosse   tête. C'est le même chien qu'il a
vu posté devant le bistrot ce matin. Hubert lève la tête et
aperçoit un pignon en pierres, masqué derrière deux
gros arbres dont il ne saurait dire l'essence.

—   Allez viens, tu vas me conduire jusqu'à
ton maitre.
Hubert le flatte, ce qui élargit le sourire du chien.
Hubert a toujours rêvé d'en posséder un mais en ville…
L'animal semble avoir compris la demande car aussitôt il
pivote sur lui-même pour grimper le petit raidillon tracé
sur le talus entre les arbres. Le jeune homme lui emboite
le pas même si la dernière boucle menant à la maison
aurait été plus facile.
Parvenu en haut, encombré par sa sacoche en cuir,
presqu'à quatre pattes derrière le chien, Hubert se trouve
nez à nez avec deux grosses chaussures à la semelle
épaisse dont une est lacée avec de la ficelle. Le
bonhomme le fixe sans un mot, les mains dans les poches
et le mégot éteint passant d'un coin des lèvres à l'autre.
Pas un mot mais les pensées sont écrites sur les lignes de
son front et n'augurent pas un message de bienvenue.
Hubert a conscience de son intrusion et surtout du
ridicule de sa situation. Il s'empresse de se relever en
ôtant le mouchoir de sa tête et s'apprête à s'excuser pour
justifier la raison de sa venue inopinée. Mais soudain
une quinte de toux provoquée par la poussière absorbée
au ras du sol, l'agite comme un pantin et brouille son

regard de larmes. A sa grande stupéfaction, le vieil homme indifférent à son état, tourne les talons pour rentrer dans sa maison.

Quel rustre celui-là ! S'essuyant les yeux et prêt à rebrousser chemin, un verre s'offre soudain à lui au bout d'un bras tendu, celui de Fernand parti chercher de l'eau fraiche « à ce casse-couille ».

Hubert attrape le verre et l'absorbe d'un trait comme un naufragé du désert puis remercie l'homme.

— Ah ça fait du bien ! Désolé de vous déranger mais c'est le patron du bistrot qui m'a dit que finalement, vous vous étiez rappelé de ma grand-mère.

— Et ça vous donne le droit de venir ? Fernand a toujours le même regard inhospitalier.

— Mais, je pensais que…

— J'aime pas qu'on me dérange et ça Abel a dû vous le dire aussi !

— Oui, j'aurais dû l'écouter.

Hubert soudain épuisé s'adosse au tronc de l'arbre.

— Mais mon père est tellement chamboulé par la mort de ma mamie que j'ai envie de l'aider et puis je veux comprendre tout ce mystère, qui elle était vraiment. Elle était formidable, vous savez ! En fait on a découvert qu'elle était de l'Assistance publique, je ne sais pas si le patron vous a expliqué.

Le jeune homme apparait à Fernand comme un gosse. Au bistrot, sa gueule rasée de près, son langage de bon élève et ses habits de la ville lui avaient laissé penser qu'il méprisait les gens comme lui, les gens de la terre. Et puis lui aussi, sa mère était de l'Assistance.

— Mais ça vous apportera quoi de savoir ? Ça fera pas revenir votre grand-mère.

— Non, c'est vrai malheureusement mais en cherchant sa vie d'avant, c'est un peu comme si je passais encore un peu de temps avec elle.

Sa voix chevrote.

Houlà il va pas pleurer ce couillon, qu'est- ce qu'il veut que je lui dise sur sa grand-mère ? Je me rappelle de trois fois rien à part que c'était un beau brin de fille et qu'elle était pas bégueule, un peu comme lui finalement.

Face au silence du vieil homme qui a repris sa posture, les mains dans les poches et la bouche fermée sur sa cigarette, Hubert préfère partir, il n'en saura pas plus.

— Je vous laisse, excusez-moi de vous avoir dérangé, la vie de ma grand-mère restera un mystère, c'est peut-être ce qu'elle voulait, lâche amèrement Hubert en se dirigeant vers le chemin.

*****

Les deux hommes sont attablés face à face, seule une carafe transpirant de fraicheur les sépare. Hubert se sent mieux et frissonne presque dans cette pièce où la chaleur reste poliment sur le pas de la porte laissée ouverte. La photo d'une petite fille est posée sur la cheminée, peut-être est-ce celle de Fernand Ballac ? Il doit être veuf. Le capharnaüm d'objets posés au pied des murs ou suspendus à de gros clous fichés dans les poutres et les montagnes de cagettes et de journaux laissent penser qu'il vit seul.

Hubert a porté un regard rapide sur l'ensemble de la pièce pour ne pas paraitre intrusif et jugeant, déjà qu'il n'en revient pas de « l'invitation » du vieil homme à entrer dans sa maison.

— *Allez, entre ! Tu vas te rafraichir deux minutes, j'ai pas envie de te ramasser sur le chemin. Et puis j'te tutoie, c'est plus simple.*

Hubert avait accepté de le suivre pour ne pas le contrarier mais il aurait préféré rejoindre le plus rapidement possible ses parents. La journée avait été assez difficile comme cela.

Apres avoir bu chacun un verre dans un silence ponctué par leurs bruits de déglutition, Hubert recule sa chaise prêt à se lever.

— Merci pour le rafraichissement puis il s'éponge avec son mouchoir déjà trempé de sueur.

Mais d'un geste, le vieil homme lui fait signe de rester et lâche sur la table une large poignée de châtaignes qu'il verse d'une poêle trouée.

— Ici on n'est pas riche mais on laisserait personne crever à sa porte, même pas un chien.

Comme si elle comprenait la phrase, Diane s'approche en posant la tête sur les genoux de son maitre.

Hubert en garçon obéissant, se rassoit, empoigne une châtaigne, se brûle mais sert les mâchoires pour retenir un cri. Il lit une lueur amusée dans l'œil de Fernand Ballac. Le jeune homme se promet de partir rapidement si le bonhomme continue de rester silencieux. Il commence à l'agacer à jouer au maître. Ce matin, au bistrot il l'a pris de haut en faisant celui qui ne savait rien et maintenant il le commande comme un enfant. Hubert aimerait l'envoyer balader mais son éducation lui dicte de respecter les desiderata des anciens.

— Elle habitait la maison au-dessus quand la famille venait aux vacances. Maintenant c'est une ruine, on la voit même plus du chemin. Ta grand-mère, c'était encore une gamine quand elle est arrivée, pt'être quatorze ans. On la voyait pas beaucoup.

Grand silence. Hubert se tait, instinctivement il sait que toute question peut tarir les précieuses paroles lâchées par Fernand.

Donc il a connu sa famille …

— Elle s'occupait des gosses de l'aviatrice, une parisienne.

Hubert fronce les sourcils.

— Faut dire qu'elle s'en occupait comme si c'était les siens parce que l'aviatrice elle partait aux quatre coins de la France faire ses meetings. Y avait bien le mari mais il était pas souvent là, il s'occupait d'un journal, enfin je crois.

Hubert aimerait poser mille questions, est ce que sa grand-mère paraissait heureuse, comment étaient ses parents d'adoption ? Avait-elle des frères et sœurs ? Mais

le silence est revenu et se prolonge. Il se lance quand
même :
     — Et ses parents ?
     — De l'aviatrice ? Ça j'en sais rien
     — Mais non de ma grand-mère, rétorque un
peu brusquement Hubert, avec une pointe d'agacement.
     — Mais t'as rien compris, elle était bonniche
chez eux toute l'année, même quand ils repartaient à la
capitale. C'est l'Assistance qui l'avait placée là.

     Hubert accuse le coup de cette phrase assenée si
violemment. Il n'a plus envie de poser de questions si
c'est pour recevoir des uppercuts en guise de réponses.
     Alors il se dresse, rougi cette fois par la colère et
prend congé du vieil homme en le saluant presque
militairement, puis s'engouffre dans le vent qui s'est
levé comme pour assécher ses premières larmes.

Marie-Anceline   court, court, avale ce petit sentier qui surplombe la rivière, à la ligne inégale, tortueuse, aux murets parfois moussus qui n'ont pas le temps de lui offrir une pierre saillante pour suivre un raccourci qu'elle est déjà au prochain virage. Couper à gauche par ce bois de hêtres pourrait peut-être lui faire gagner du temps pour rejoindre la métairie de la Borie mais elle sait que plus loin le ruisseau gorgé par les pluies gonflera fièrement ses nouveaux muscles et lui fera perdre de précieuses secondes pour enjamber son bras.

Un virage plus loin, un autre bois l'invite à dévier sa route, ses   rameaux tordus balancent leurs doigts griffus   et la découragent de parcourir ce labyrinthe d'arbres dénudés   par les mains froides de l'hiver. Les pas lourds de l'homme tambourinent dans ses tympans et assourdissent sa volonté. Il ne faut pas lâcher, elle lui a échappé miraculeusement, elle n'aura pas deux fois cette chance.

Courageusement, le souffle déchiré comme le bruit d'un vieux drap usé que l'on sacrifie, elle poursuit sa course, passe entre deux majestueux rochers dressés de part et d'autre du chemin. Ces colosses l'informent de la proximité du   minuscule sentier de chèvre caché au milieu des genêts, remarqué à son dernier passage pendant la cueillette de plantes médicinales. Elle pourrait peut-être couper par là pour grimper à La Borie. Mais à l'embranchement, elle hésite, le sentier est trop raide et elle n'est pas certaine qu'il mène à la ferme. En une seconde, malgré ses doigts engourdis, elle dénoue son écharpe et la lance de toutes ses forces sur la pointe d'un genêt qui tend son cou. L'homme pensera qu'elle a bifurqué par là et peut-être aura-t-elle une chance de lui échapper.

Elle abandonne donc le passage pour poursuivre son chemin, une légère descente lui offre quelques gouttes d'énergie pour attaquer la nouvelle montée encore plus raide. Mais très vite, l'épuisement la freine, elle grelotte, son col trop court ne fait pas barrage aux crocs glacés sur sa gorge blanche. Elle avance comme un automate dont la clef termine son dernier tour. Elle s'arrête, tend l'oreille, ne perçoit plus les pas ni le souffle de son poursuivant, pourtant le vent a fait une pause lui aussi. L'homme a peut-être pris le sentier de chèvres ? Sa ruse aurait-elle fonctionné ? Elle n'y croit guère, et même si elle réussissait à mettre de la distance, elle sait qu'elle le retrouverait sur son chemin quand il débouchera du sentier. Il sera là à l'attendre ou peut-être sera-t-il déjà redescendu à sa rencontre. Attendre ? Se cacher ? Mais le froid n'est qu'un hôte malveillant et s'amuse à l'encercler, s'infiltre insidieusement par une manche, glace un genou que son bas de laine cède à l'ennemi, sillonne entre les boutonnières traitresses de sa pelisse. Son énergie est dépecée par le maudit vent qui revient et joue à l'étourdir. Ce félon s'éloigne puis la fouette un peu plus fort, fendille sa peau fine. Elle n'est pas loin de la métairie mais sait qu'elle va renoncer.

Sur sa droite, un chemin assombri par les ramures des sapins lui propose un détour par Sainte-Lucie. La nature se moquerait elle ? Ne voit-elle pas qu'elle est prête à s'effondrer pour attendre « la faucheuse » ? Là-haut le brouillard a déjà noyé les plateaux. Tous les éléments se liguent pour l'affoler, la dévorer un peu plus. Même les loups qui rôdent sont moins cruels. Lourdement elle tombe à genoux, un tapis de feuilles adoucit un peu sa chute. La rage dans la gorge, son tronc se mue en croix pour embrasser le vent à bras le corps et hurler vers le ciel pour maudire son dieu qui l'abandonne. Elle s'allonge, ses larmes cristallisées esquissent déjà le dessin d'un masque mortuaire. Sa joue contre le sol ressent pourtant toute la tendresse rude de cette terre qui la nourrit. Ses narines hument la senteur mélangée de l'humus et des feuilles en deuil froissées par le museau du renard ou du sanglier et aspirent le parfum aigre-doux des galettes de bouse desséchées, témoins du lointain passage des Aubrac ramenées à leur étable pour l'hiver. Elle pense à ses sœurs qu'elle a abandonnées aux mains des bandits.

Une cloche s'agite au loin comme une folle, un, deux, trois, dix, quinze coups, appelant inlassablement. « Venez, venez, venez » La jeune femme lève la tête, s'appuie sur ses avant-bras. Que se passe-t-il ? Au creux de sa vallée, la cloche de l'église sonne sagement les heures, l'angélus ou les vêpres mais cette affolée semble provenir du plateau. Ce doit être la cloche de Sainte-Lucie. L'abbesse l'appelle par un nom dans son sermon sur l'enfer et les brebis égarées *« Dieu vous appelle comme le clocher de* ... le clocher tourmenté *?* Non c'est presque cela, *vous appelle comme*... *le clocher de tourmente de Sainte-Lucie qui indique le chemin à suivre aux brebis égarées de la vallée de l'Enfer*! »

Oui ! Car la cloche de Sainte-Lucie sonne par très mauvais temps, surtout quand le brouillard aveugle les égarés.

La pause a apaisé Marie-Anceline, elle a même oublié sa peur, oublié quelques minutes que l'homme pouvait surgir derrière elle. « Allez, allez, allez », la cloche continue à marteler ses encouragements. Raidie par le froid, Marie-Anceline tente de plier un genou, puis l'autre, mais changée en statue d'albâtre, ses articulations sont figées. Elle réussit seulement à s'asseoir, agite ses mains et son corps dans des mouvements épileptiques, frotte sa figure avec la terre sableuse, devient ce cheval de traie bouchonné, revigoré par la poignée de paille après le labour. Un peu de chaleur picote son nez, ses mouvements s'adoucissent, s'amplifient, le haut du corps devient plus souple, elle relève sa robe et frotte maintenant ses cuisses, enlève ses gants pour mieux masser ses colonnes marbrées, se blesse avec quelques grains de silice. La tiédeur des petites gouttes de sang lui rappelle qu'elle est encore vivante, elle peut enfin libérer ses jambes de leur prison de plâtre , elle en profite aussitôt pour les couvrir en montant ses bas de laine jusqu'aux hauts des cuisses, resserre les galons qui les maintiennent et finit par se relever . Elle avance d'un pas puis deux et opte pour rejoindre la cloche de Sainte-Lucie qui continue de s'époumoner. Une longue branche de noisetier abandonnée sur le talus s'offre à elle comme appui pour attaquer le chemin de droite.

Soudain, elle se souvient qu'elle porte dans une poche le petit pain de l'abbesse. Après quelques pas, les ramures des sapins font barrage au vent glacé et Marie-Anceline profite de ce répit en soulevant un pan de son manteau et déchirer un bout de pain. Elle n'a pas faim mais s'oblige à l'engloutir pour se gonfler des dernières forces qui la mèneront au village du plateau. La perception de pas suivis d'appels la fait s'étrangler avec la bague cachée dans la mie. Vite, elle recrache, la glisse à son doigt et reprend sa route en avançant le regard fixé sur ses souliers pour ne pas se laisser décourager par le chemin qui grimpe sans répit. De toute façon le brouillard est si épais qu'elle ne pourrait voir à plus de dix pas. À tout moment l'homme peut surgir de ce rideau aveuglant mais elle se sent protégée par ses volutes épaisses. C'est étrange, à la fois angoissant et rassurant.

La cloche tinte plus fortement ou peut-être s'est-elle beaucoup rapprochée du village ? Elle n'a plus aucune notion de la distance grignotée par ses petits pas mécaniques.

Sur son côté gauche, un craquement inquiétant de feuilles et de brindilles. C'est lui. Marie-Anceline s'arrête, retient son souffle, pose sa main sur sa bouche par réflexe craignant de parler ou de crier. Les bruits sont légers, ce n'est pas une masse lourde, ce doit être une martre ou un renard, elle se rassure. Le bruit provient maintenant de la droite, mêmes piétinements, peut-être plus lourds … l'animal a dû traverser le chemin. De nouveau des bruissements à gauche, ils sont deux ? Les pas se multiplient, des sangliers ? Elle préfère le penser. Pourtant aucun souffle ou grognements ne les trahissent. Alors ?

Un gémissement suivi de plusieurs, des halètements, et soudain un cri rauque qui s'échappe vers les aigus immédiatement accompagné par d'autres hurlements. Des loups ?

Elle n'en a jamais croisé mais a déjà entendu des rumeurs sur une meute qui arpente les hauts plateaux. Cette fois, elle est vraiment perdue, elle ne mourra pas sous les coups de l'homme qui la poursuit mais déchiquetée par des crocs. Bizarrement, cette mort l'effraie moins. Dans les environs, elle n'a jamais entendu parler d'attaques, elle sera la première victime.

Marie-Anceline reprend sa marche, l'épuisement la rend fataliste et quand à la sortie du virage elle se retrouve face à trois loups qui lui barrent la route, elle est presque soulagée. Le danger est venu à sa rencontre, elle n'a plus à le fuir. Les loups la fixent, silencieux, gonflés dans leur fourrure épaisse. Marie-Anceline les observe l'un après l'autre, presqu'hypnotisée par l'or de leurs yeux.

*****

Au moment où ses dernières forces se consument, la montagne s'assoit en terrasses et l'accueille comme une mère qui offre ses genoux à un enfant pour lui permettre d'accéder à son sein nourrissant et réconfortant. Maintenant, malgré le brouillard, elle sait qu'elle est parvenue aux abords du village de Sainte-Lucie puisque les bois ont cédé leurs places aux tables en jachère pour l'hiver. La nuit commence à remonter ses couvertures jusqu'au fronton de l'église qu'elle perçoit enfin.

Marie-Anceline traverse encore un champ, enjambe un muret, rase le sol comme le renard rôde autour d'un poulailler, bute dans des mottes de terre gelée et finit par se trouver dans une sorte de cour ou de jardin cerné d'un haut muret, au pied de l'église.

Comme pour lui signifier qu'elle est arrivée au bon endroit, la cloche de Sainte-Lucie baisse d'un ton, scandant de plus en plus mollement ses encouragements jusqu'au murmure dont elle ne sait s'il existe encore ou s'il s'est niché au creux de son oreille. Marie-Anceline n'est jamais venue ici. Depuis son arrivée au monastère, elle quitte rarement la communauté qui l'a accueillie et adoptée dans son giron protecteur. Elle aimerait tant retrouver ce lieu si familier, si différent de cet endroit où ses mains se perdent sur les flancs de l'église. La nuit vient d'engloutir totalement l'espace et l'aveugle. L'entrée ne doit pas être de ce côté, elle recule pour comprendre par où contourner la bâtisse et se cogne à ce qu'elle croit être une fourche oubliée dans ce jardin. La jeune femme tâtonne de ses doigts transis l'objet qui atteint son buste. Bientôt ses mains dessinent une croix, elle se baisse à son pied, caresse le sol qui forme comme un petit édredon, et soulève une sorte de tableau couvert d'un relief. Il est compact sans être lourd et de nouveau ses doigts découvrent le contour d'une petite croix supportant certainement un christ. Elle comprend qu'elle se trouve dans un cimetière, manque de lâcher la plaque funéraire et se dépêche de la redonner au défunt.

Marie-Anceline décide de se rapprocher du mur de l'église et progresse vers la gauche, sa main glissant sur les pierres pour ne pas perdre ce fil d'Ariane.

De là, elle se heurte à un muret, poursuit son avancée et frôle une matière nouvelle qui ressemble à du bois. Oui c'est bien cela, l'essence du végétal lui confirme qu'il doit s'agir d'une porte ou plutôt d'un petit portail. Elle cherche l'ouverture, ses doigts rencontrent un loquet qu'il suffit de soulever. De l'autre côté, elle retrouve le flanc rassurant de l'église et bute contre une marche. Ce doit être le parvis. Elle gravit trois marches, se colle à la porte, pousse de ses dernières forces le battant et entre dans cet endroit familier, un chœur d'église ombrée par une petite bougie tremblotante qui la convie aux pieds de Marie.

Epuisée, elle s'effondre sur un banc près de la statue, l'église est petite, toute en rondeur, rassurante. Un gros lustre porteur de longues bougies endormies descend du plafond en attendant la prochaine messe. Progressivement Marie-Anceline sent ses membres se détendre et son estomac lui rappeler sa faim. Elle dévore le reste du pain, manque de s'étouffer mais craint de ressortir pour trouver la fontaine qui pourrait la désaltérer. Le froid la gagne de nouveau et la pousse à bouger pour se réchauffer. Elle longe la nef sans oser parcourir l'abside où trône l'autel. Revenue vers la porte, le bénitier dans l'ombre l'encourage à se signer pour remercier Dieu de l'accueillir et de la protéger. Libérés de leurs gants, ses doigts effleurent l'eau, parcourent son front, son torse puis ses épaules et se posent sur sa bouche dans un baiser. La fraicheur de l'eau l'invite à replonger ses doigts pour humecter ses lèvres craquelées et retrouver un peu de salive. Est-ce sacrilège ? Marie-Anceline se signe de nouveau.

A droite de la porte, quelques chaises empilées portent des étoffes. En les touchant Marie-Anceline sent leur épaisseur, elle en soulève une et découvre une sorte de cape en laine feutrée. La pile est imposante et doit en compter une bonne dizaine. Elle sait que ces étoffes servent aux fidèles pendant la messe durant l'hiver.

Elle s'emmitoufle et décide de rester dans l'église espérant que l'homme ait abandonné sa poursuite en entendant les loups. Elle regagne le banc sous la vierge Marie, s'allonge, s'étire dans la rugosité moelleuse de la laine, plonge dans sa chaleur délicieuse pendant que ses yeux se laissent hypnotiser par les clignements dorés de la bougie. Elle repense à sa fascination devant les regards presque surpris des loups, le hochement de leur truffe pour décrypter son odeur, comprendre qui croisait leur chemin. Combien de temps a duré ce face à face ? Elle ne pourrait le dire, elle se rappelle seulement qu'elle n'a pas eu peur, elle attendait paralysée par le froid. Puis sur un signal invisible, les bêtes ont bondi avec une puissante légèreté pour plonger dans l'épaisseur noire des sapins. Surprise, Marie-Anceline a repris sa route constatant simplement que son heure n'était pas arrivée.

Les grincements et craquements de l'édifice la ramènent au présent. Marie-Anceline s'inquiète soudain d'être surprise par l'homme durant son sommeil. Doit-elle ressortir pour frapper aux portes des habitations, demander secours et donner l'alerte pour ses sœurs ? Si elle dit qu'elle vient du couvent, on lui demandera pourquoi elle n'a pas été cherchée secours plus prêt ? Elle doit taire sa grossesse, ne pas parler de sa fuite vers la Borie des Dames. Si elle parle, c'est l'être niché dans son ventre qu'elle ne protégera pas. Elle a promis à l'abbesse. Elle s'assoit, très angoissée. Son regard se porte sur la chaire accrochée au mur, à gauche de l'autel. Un petit chapiteau coiffé de trois croix, dont la centrale domine ses compagnes, surplombe l'ensemble. Marie-Anceline y voit soudainement un lieu plus sûr pour se cacher et grimpe doucement les marches de la chaire. Le bois se plaint sous ses pas comme s'il était choqué de son audace. Sacrilège ! La vision du prêtre de Saint-Léger lui revient quand du haut de son promontoire, il couvre ses paroissiens d'invectives sur les péchés de chair en scandant de son bras « Et Satan qui bat la mesure ! ». Pour autant elle décide d'occuper la place et tente de trouver une position confortable dans cet espace étroit. Epuisée par sa course effrénée et par toutes ses émotions, Marie-Anceline se roule en boule et finit par trouver le sommeil juste après avoir prié pour ses sœurs.

*****

Frrr, frrrr, des frottements réveillent Marie-Anceline. Une lumière grisée a effacé la nuit. Ce doit être le petit jour. Plusieurs fois la cloche a scandé les heures mais Marie-Anceline est restée plaquée aux lames, enclumée de fatigue. Quelqu'un est entré dans l'église. Frrr, frrr des griffes glissent sur le sol, un balai ? Oui, les frottements sont réguliers, elle reconnait les allers-venus des branches de bouleau souples et rigides qui patinent sur les dalles. A-t-elle laissé cette nuit des traces de boue qui guideront le balai jusqu'aux marches de la chaire ?

Des paroles murmurées ou plutôt bougonnées… le frottement cesse… un banc craque, l'intrus s'est-il assis ? Un bruit de trompette déchire la douceur des bruits feutrés. Marie-Anceline aux aguets sursaute, rhume ou chagrin, le secret est renfermé dans un mouchoir. Frrr, frrr, le balai a recommencé sa danse, il suit la piste qui mène à sa cachette. Bientôt il s'arrêtera aux pieds des marches et tel un chien d'arrêt indiquera à son propriétaire le gibier débusqué. Marie-Anceline a mal au cou, elle aimerait se déplier, libérer ses membres enroulés comme ceux d'un chat dans son panier, sauf qu'elle n'a pas la souplesse de l'animal. Sa nuque la brule, ses jambes sont ankylosées, elle n'ose pas bouger d'un cheveu de peur de faire craquer le bois. Frrr frrr, l'homme ou la femme est arrivé au pied de la chaire, le bruit cesse, un œil doit scruter la cape, cache-t-elle un animal ou un humain ?

Les pas repartent sans le balai. Vont-ils rejoindre d'autres pas pour se rassurer et chercher quelqu'un de plus courageux pour la déloger ? Elle attend que la grande porte claque pour se sauver mais les souliers glissent vers l'autel. Silence, la personne est-elle en prière ? Une envie pressante de se soulager la cisaille.

Le bistrot commence à se remplir, plusieurs ouvriers sirotent au comptoir et trois tables sont déjà occupées pour déjeuner. Abel s'approche de Fernand placé comme à son habitude au bout du zinc, pose un verre de vin blanc et lui demande discrètement, étonné lui-même de sa propre audace :

— Alors, il est venu te voir le gamin ?

— Mouais mais il est reparti aussi vite qu'il est arrivé

— Je lui avais dit de pas te déranger …

— Mais aussi que j'avais connu sa grand-mère…

Abel baisse le nez. Qu'est-ce qu'il lui a pris de répéter ce qu'un client lui a confié ? Surtout Fernand qui cause rarement mais le gosse avait l'air si déçu quand il est revenu de la mairie. Aucune trace d'une famille Fagès, ni dans les naissances ni dans les décès, ni dans les actes de mariage. Les gars au comptoir ont un peu poussé en le faisant boire plusieurs verres… Alors quand il a réglé son repas avec un air de chien battu, Abel a eu pitié, il lui a craché le morceau. Et oui il a pas l'air mais il est sensible comme une femme, il le dit pas, trop peur qu'on se foute de sa gueule.

— Désolé Fernand mais le gosse…
D'un geste Fernand le coupe pour lui dire de passer à autre chose.
— Salut la compagnie !
Le maire prend place au comptoir, ce qui incite trois ouvriers à s'attabler dans la salle
— Oh les gars je vous chasse pas !
— Non mais on a du travail qui nous attend.
— Abel, une table ! Je mange à midi, ma femme est partie voir sa mère, elle revient demain. Il t'en reste de la tête de veau d'hier ?
— Oui je te la réserve. Josette, une tête de veau pour notre maire, hurle Abel par la petite ouverture qui le sépare de la cuisine.
— Sers-moi un jaune en attendant. Alors Fernand ! j'ai vu que tu avais aussi eu de la visite. J'ai aperçu le p'tit gars descendre hier de chez toi. T'as pu le renseigner ?

Comme d'habitude ça a fait le tour du village, rumine Fernand.

Abel baisse le nez, faisant mine de lustrer la tireuse à bière déjà très rutilante sous le chiffon énergique de la patronne.
— Deux trois choses, pas plus, marmonne Fernand.
— C'est déjà bien car moi à la mairie, il a rien trouvé. Pourtant, il s'y connait pour chercher, il

travaille dans les archives à Montpellier. Mais sa famille n'était surement pas de Saint-Léger-de-Peyre, il doit se tromper sinon c'est facile de remonter loin, surtout ici, les familles bougeaient pas trop, ce n'est pas comme maintenant où tout le monde se barre à Paris ou ailleurs.

Le maire parle toujours beaucoup sans attendre de réponses, ses pensées ont besoin de se libérer pour laisser la place à d'autres comme les gars qui quittent le comptoir quand de nouveaux arrivent.

Fernand descend de son tabouret, salue d'un geste discret et laisse le maire poursuivre son soliloque.

*****

La lettre est postée, on verra bien. Fernand l'a adressée à

Hubert Trünel,
Mairie de Montpellier, service des archives.
34 MONTPELLIER

Courrier déposé lui-même à Marvejols pour pas que la Georgette qui sert de relais aux PTT à Saint-Léger-de-Peyre, ne lui pose de questions. Au départ il n'a pas compris le départ précipité du jeune homme alors qu'il était en pleine conversation avec lui. Pour une fois qu'il ouvrait sa porte, c'était pour tomber sur un fada. S'il avait été plus alerte, il l'aurait suivi pour lui jeter des insultes et le menacer d'un coup de pied au cul.

Puis quelques jours plus tard, il avait senti un regard de reproches posé sur ses épaules, une accusation :

— *Tu y es allé un peu fort.*
Il avait beau se défendre :
— *Hé bien c'est comme ça, tu crois qu'on m'a épargné moi ?*
La voix aussitôt s'empressait de lui répondre :
— *Justement, tu n'as pas à faire la même chose.*

Pour fuir cette présence, il était sorti biner son jardin, houspillant sa chienne toujours fourrée dans ses jambes. Encore des doryphores sur les patates ! Alors patiemment Fernand les avait attrapés un par un pour les enfermer dans une vieille boite d'allumettes.

Il se souvient, petit avec sa sœur, c'était à qui en trouverait le plus et remporterait le droit de jeter le premier la boite au feu.

Finalement, cette année, les petits insectes sont plus rares, Fernand est satisfait d'achever rapidement cette tâche qui lui brise les reins.

Prêt à jeter la boîte dans le feu de la cuisinière il croise le regard d'Aimée sur la cheminée, son regard des jours de reproches. Ce sont ses mots qui le poursuivent depuis la visite du gamin. Elle n'a jamais supporté sa franchise, toujours à lui remonter les bretelles quand elle le trouvait trop direct. Elle finissait toujours par lui faire regretter sa rudesse. A l'instant, Aimée lui souffle à l'oreille l'idée d'écrire à Hubert Trünel pour lui donner quelques souvenirs de sa grand-mère.

Il a longtemps réfléchi, que dire ? Que c'était une belle fille, avec des belles formes, non, le gamin allait encore mal le prendre. Il se souvient la première fois où il l'a vue, c'était devant chez lui quand ses nouveaux voisins avaient gravi le chemin. Ce jour-là justement, il binait les patates. Les braiements d'un âne lui avaient fait lâcher sa pioche. Il faut dire qu'habituellement c'étaient des vaches ou des brebis qui grimpaient jusqu'aux prés. Menant la troupe, l'aviatrice en tenue d'homme, était suivie de Gisèle. Il a tout de suite su son prénom car les deux gosses grimpant derrière n'arrêtaient pas de l'appeler, heureux de lui montrer toutes les nouvelles fleurs cueillies sur le talus. Mais Gisèle, occupée à tirer sur le bourricot chargé de bagages plus hauts que deux hommes se faisant la courte échelle, ne pouvait leur répondre. Le mari, très en arrière, costume du dimanche et souliers vernis, fermait la marche tout en lisant son journal.

Quel souvenir l'avait marqué ? Qu'à quatorze ans, c'était elle qui s'occupait la plupart du temps des enfants, les promenant ou assistant à leurs jeux dans la rivière. Tout le monde hésitait à lui parler car elle répondait à peine, peut-être trop timide …La mère des enfants, par contre, était pipelette, on savait toujours quand elle partait quelques jours pour piloter son coucou. Le mari lui, descendait rarement de la maison, c'était la gamine qui faisait les courses avec son bourricot. A part ça…

Qu'elle est partie un jour sans prévenir en plein milieu de leurs vacances ! Ça devait être en 1913, oui le dernier été avant la guerre. C'est fou, il avait oublié ce souvenir. L'aviatrice rentrait d'une de ses sorties, elle était arrivée affolée chez nous… on était à table. Elle cherchait Gisèle partout, est ce qu'on l'avait vue dans la journée ? Ou même la veille ? Nous, on restait tous les quatre à la regarder, elle avait surgi dans la pièce si brusquement. On l'observait, c'était plus la même sans son chapeau, plus petite, moins belle et puis sa voix, criarde ! Autoritaire !

D'un coup, elle était ressortie comme elle était entrée, on s'était tous regardés et on avait continué de manger.

C'est sûr qu'après y a eu des rumeurs… La gamine devait avoir dix-huit ans quand elle est partie, si ça se trouve le mari … belle comme elle était ….

Dès le lendemain, toute la famille a plié bagage et on les a jamais revus. Y a que le bourricot qu'est resté, je crois bien que c'est le rémouleur qui l'a gardé. Et puis la guerre est arrivée … La boue des tranchées a tout recouvert, les copains qui y sont restés et les souvenirs d'avant-guerre. Lui est revenu vivant mais très amoché dans sa tête.

Il n'avait pas   marqué tout cela dans sa lettre, il ne trouvait pas les mots, il avait regardé la photo d'Aimée pour lui demander de l'aide, elle avait retrouvé ses yeux gentils et lui avait soufflé :

—   *Dis-lui de revenir te voir…mais excuse toi avant »*.

C'est ce qu'il avait fait.

Bonjour Monsieur
Je suis Fernand Ballac,
Je m'excuse pour la dernière fois.
J'ai des choses à vous dire. Vous pouvez revenir.
Avec mes meilleurs sentiments
Fernand Ballac

*****

3 rue des martyrs, ouf ! Il a failli être en retard, toutes ces petites rues de Montpellier se ressemblent, s'entrecroisent, débouchent sur des places qu'il a l'impression d'avoir déjà traversées. Ici personne ne connait le nom des rues, cent fois il a demandé, cent fois un regard hébété a été la seule réponse. Il jette d'un air las son plan griffonné, détrempé par ses mains moites qui ont pompé l'encre.

A gauche de la grande porte massive qui doit déboucher sur un hall, une dizaine de sonnettes, certaines anonymes, s'alignent les unes sous les autres. Trünel, c'est le seul nom qui est en caractère d'imprimerie, tous les autres sont écrits à la main. Fernand, un peu hésitant sonne très brièvement, espérant presque qu''il n'y ait personne.

Il attend, rien ne se passe. Il recule pour regarder de nouveau le numéro de la rue oubliant que le nom lu quelques secondes plus tôt devrait le rassurer. Il sonne de nouveau, cette fois plus longtemps et plus nerveusement, il a horreur d'attendre. Un petit vent frais calme un peu sa sensation d'étouffement sous sa veste en gros drap bleu charron.   Ce milieu d'automne est pourtant agréable mais la grande ville lui donne le tournis et l'oppresse.

Bon qu'est-ce qu'ils foutent ? Je me suis tout de même pas payé quatre heures de car pour rien, si y avait pas eu mon cousin pour m'accueillir, sûr que les Trünel, ils auraient pu attendre pour que je vienne.

— Bonjour Monsieur Ballac, vous attendez depuis longtemps ? Désolé pour mon retard, le travail…Mes parents ne doivent pas non plus être arrivés. Vous avez sonné ?

— Ben oui couillon, pense Fernand surpris par Hubert qu'il n'a pas vu approcher.

— Vous avez trouvé facilement avec mon plan?

Fernand se contente de bougonner un oui dans sa moustache en scrutant la boule de papier qu'il a jeté au coin de la porte et range sa cigarette dans sa poche pour suivre Hubert qui franchit le porche.

— Trois étages et vous serez arrivé dans notre logement.

L'escalier de pierre creusé par les milliers de semelles qui l'ont gravi tourne en offrant de larges marches faciles à emprunter, accompagnées d'une rampe lissée par les caresses.

— Installez-vous là.

Hubert lui montre un fauteuil bien trop moelleux pour qu'il y pose ses fesses. Fernand lui préfère une grosse chaise cannée située près de la fenêtre entrouverte. Il aura moins l'impression d'étouffer.

— Je vais me changer, j'en ai pour deux minutes, et le jeune homme disparait dans une pièce attenante.

Fernand observe le buffet et la table ovale lustrés comme les carrosseries des voitures de luxe, c'est le seul souvenir qu'il a gardé de Paris où tout gosse il était monté à la capitale avec son père pour visiter un oncle qui tenait une brasserie. Même le sol recouvert d'un linoleum noir tacheté de points colorés ressemble à une patinoire. Des napperons de toutes formes et de toutes tailles agrémentés de bibelots, parsèment comme des nénuphars la moindre étagère.

Et bien ça doit être du maniaque ! Y doivent pas être trop occupés pour astiquer toute la journée. Ça promet pour les questions, ils vont vouloir des détails sur la Gisèle. S'ils m'emmerdent trop, je fais demi-tour.

Fernand sent l'énervement monter et sort son tabac de sa poche pour s'en rouler une mais suspend son geste quand la porte d'entrée s'ouvre sur une voix féminine qui crie :

— Tu es rentré mon poussin ?

« Le poussin » surgit précipitamment et s'empresse d'annoncer la présence du visiteur à ses parents, manifestement gêné que ce Fernand soit témoin de leur intimité et puisse se moquer de lui. La mère entre la première dans la pièce, nullement intimidée par le bonhomme peu souriant qui se lève, une main derrière le dos, pour cacher son tabac et l'autre tendue pour la saluer.

— Enchantée Monsieur Ballac

Puis elle se tourne vers son fils et ajoute :

— Mon chéri, tu n'as rien offert à Monsieur en attendant notre arrivée ?

Mais le fils chéri n'a pas le temps de répondre que Fernand marmonne qu'il vient seulement de s'asseoir. Toutes ces politesses commencent déjà à l'agacer. Le père suit, la ressemblance est frappante, c'est le fils dans vingt ans avec comme seule différence un regard de myope noyé sous des culs de bouteille. Monsieur Trünel se contente d'un hochement de tête et d'une poignée de main molle.

Après avoir enfilé leurs chaussons et avoir comme le fils passé « une tenue d'intérieur » qui intrigue Fernand et l'inquiète un peu plus, Madame Trünel propose fermement que tout le monde s'installe autour de la table.

— Ça sera plus pratique pour discuter et vous montrer les photos. Un petit café ça vous dit ?

Et sans attendre de réponse, la mère file et revient chargée d'un plateau recouvert d'un service en porcelaine avec sucrier, pot à lait, petits gâteaux disposés en pyramide sur un compotier doré sur les bords.

Hubert surprend le regard étonné de son père dont le tressautement de paupière traduit un certain agacement envers sa femme. Pourquoi tout ce cérémonial avec la belle vaisselle ?

— Merci maman de te donner tant de mal mais pas de chichis avec Monsieur Ballac, il a accepté de venir en toute simplicité pour parler de Mamie quand elle était jeune.

— Oui merci beaucoup d'être venu, ça compte beaucoup pour moi, ajoute le père.

— Oh vous savez, je sais pas si je vais beaucoup vous renseigner, c'est vieux tout ça et pis je l'ai pas beaucoup connu vot' maman.

— Ça ne fait rien, rien que de savoir que vous l'avez croisée quand elle était jeune, c'est déjà beaucoup.

Voyant que sa femme garde un air pincé depuis la remarque d'Hubert, Monsieur Trünel s'empresse d'ajouter :

— C'est vrai qu'on sort la belle vaisselle que pour des moments exceptionnels mais aujourd'hui c'en est un.

Madame Trünel se redresse retrouvant un peu de sa bonne humeur. Son mari en profite pour lui demander :

— Allez, va nous chercher la goutte du beau-frère pour trinquer à notre rencontre.

Puis il sort un paquet du tiroir du buffet et s'allume une cigarette.

— Mais au fait, vous en voulez peut-être une ?

— Non merci, je préfère mon tabac.

Fernand est soufflé, il n'aurait jamais imaginé que ce binoclard mince comme un fil soit un bon vivant comme lui.

Hubert est heureux car il voit que son père est heureux. Grâce aux descriptions simples et sans retouche de Fernand, des images de Marie/Gisèle adolescente s'impriment dans les yeux de Monsieur Trünel et viennent compléter la collection de photos étalées au milieu des tasses et des verres. Le niveau de la bouteille a diminué de trois quarts et la pièce est enfumée malgré la fenêtre restée entrouverte. Madame Trünel est partie s'affairer dans la cuisine pendant que les trois hommes passent en revue les actualités du moment, notamment l'imminence de la guerre en Algérie. Sentant que le sujet divise et enfièvre Fernand déjà chauffé par les degrés d'alcool, Hubert ramène l'attention sur sa grand-mère :

— Et cette cousine, papa, qui écrivait à Mamie quand elle était à Saint-Léger-de-Peyre, tu as son nom ?

— Non, c'est juste signé « Eugénie » et puis Mamie ne m'en a jamais parlé. Si je n'avais pas trouvé ces lettres...

Fernand pointe un doigt sur une des cartes postales de la cousine, posées sur la table et montre l'image d'une foire.

— Ça je connais, c'est le foirail de Nasbinals, j'y allais une fois l'an avec mes parents à la grande foire d'automne ! Ah c'était une sacrée expédition, le tout à pieds ! On dormait chez ma tante et on revenait le lendemain. Ça nous arrivait de faire un bout de chemin dans la charrette d'un paysan qu'on croisait.

Hubert ne reconnait pas le Fernand de Saint-Léger-de-Peyre à qui il fallait arracher péniblement un mot par souvenir. La goutte de tonton fait des miracles...

Monsieur Trünel saisit la carte, colle ses lunettes sur l'image, la retourne puis se lève pour revenir avec une loupe avec laquelle il explore le moindre détail.

— Bravo Fernand ! Vous permettez que je vous appelle Fernand ?

Et après que le vieil homme ait acquiescé, il ajoute victorieusement :

— Elle a bien été postée de Nasbinals, vous n'avez qu'à regarder le timbre oblitéré.

Et chacun se passe la carte pour découvrir la trouvaille.

— Papa, il faut continuer les recherches, j'irai à Nasbinals consulter les registres d'état civil, peut-être que la cousine portait le même nom de famille. Et puis il faudrait aussi demander le dossier de Mamie à l'Assistance publique.

— Oui, oui mon fils, tu vas un peu vite, j'ai besoin de temps pour me faire à toute cette histoire. C'est comme si on m'avait changé de mère.

Monsieur Trünel se ressert un verre de goutte pour noyer l'émotion qui agite sa glotte tel un yoyo et oublie d'en proposer aux autres.

Fernand qui n'a pas l'habitude de ces sensibleries, se racle la gorge et lance une phrase comme on jette un dé sans savoir la face qui va apparaitre.

— Moi aussi, ma mère était de l'Assistance, on le savait mais on n'en faisait pas toute une histoire.

Cette fois, Hubert retrouve le Fernand bourru de Lozère et se demande comment son père va réagir. Mais Monsieur Trünel est davantage surpris que blessé par la remarque et verse une rasade à Fernand.

— Et bien trinquons à nos mères, les pauvres.

Madame Trünel arrive à ce moment-là, range la bouteille dans son placard et regarde la pendule qui indique déjà 17 heures.

— Il ne faudrait pas que vous ratiez votre car Monsieur Ballac.

Fernand comprend le message, range son tabac, rajuste son béret et se lève avec difficulté, ankylosé par son assise prolongée et surtout embrumé par les vapeurs d'alcool crachées comme un alambic dès qu'il ouvre la bouche.

— Non, ce soir je dors chez mon cousin mais vous avez raison, il est temps que j'y aille, il se couche comme les poules.

Soudain, il se rappelle qu'il était surtout venu chez les Trünel pour une autre raison que celle d'éclairer la famille sur leur parente, alors il ajoute à l'attention d'Hubert :

    — Tu pourrais faire un bout de chemin avec moi pour me mettre sur la bonne direction. Je voudrais pas tourner en rond comme tout à l'heure !

*****

Le car parti à six heures ce matin dévale la route qui serpente dangereusement dans la vallée de Millau. Les virages successifs ont réveillé Fernand dont la courte nuit chez son cousin fut une des plus longues dont il se souvienne. Lui qui d'habitude tombe comme une enclume, n'a pas cessé d'être tourneboulé par les confidences lâchées au jeune Hubert après avoir quitté ses parents. Il aurait dû se contenter de ne parler que de la carte « Pour Thaïs ». Fernand avait accepté l'invitation d'Hubert uniquement pour profiter de ses connaissances dans les paperasses d'états civils, savoir comment il s'y prenait pour dénicher les anciens du siècle dernier ou de bien plus loin. Car cette carte trouvée dans la « bible » le turlupinait. Si ça se trouvait, cette Thaïs était de la famille de son père et pour être cachée dans un livre religieux, elle avait peut-être un lien avec les objets trouvés dans la chazelle. C'était tiré par les cheveux mais il voulait trouver un sens à tous ces mystères.

Bougre d'imbécile ! Excité par l'excès de boisson, il avait tout lâché, y compris sa découverte de l'améthyste et du crucifix. Ce drôle allait tout rapporter au bistrot la prochaine fois qu'il mettrait les pieds à Saint-Léger-de-Peyre car il avait promis de revenir pour s'occuper lui-même des recherches généalogiques :

— « *Monsieur Ballac, comme je vais poursuivre mes recherches sur Mamie, je peux en profiter pour vous aider à chercher le nom des ancêtres de votre papa puisque le missel appartenait à sa famille. Pour commencer, il faut juste sa date et son lieu de naissance* ».

Et lui comme un couillon il avait sorti son livret de famille, toujours niché dans la poche intérieure de sa veste quand il quittait son village, même pour se rendre à Marvejols. Sa mère leur serinait toujours « mes enfants il faut toujours pouvoir prouver qui on est ». En y repensant, cette phrase résonne bizarrement depuis qu'il a rencontré les Trünel. Il ne s'était jamais demandé si les mots de sa mère avaient eu un autre sens.

La porte latérale de la chapelle s'ouvre brutalement sur l'homme qui a emmené Marie-Anceline chercher de la nourriture. D'un point rageur, il frappe le battant et hurle à ses deux acolytes :

— La garce s'est échappée. Avec ma patte folle, impossible de la rattraper…

Les sœurs se resserrent un peu plus car elles savent que la colère des hommes est mauvaise conseillère et les précipitent souvent dans les pires orgies. Aussitôt, l'un des bandits, chargé de leur surveillance, brandit son bâton en hurlant :

— Toi l'incapable, tu enfermes toutes ces corneilles dans l'église et tu fouilles le monastère voir si y'en a pas une autre qui traine par là et toi ramène tes guêtres, on va la coincer la bonniche et on lui fera sa fête. Elle est partie de quel côté ?

— Par le sentier qui file sur la montagne quand on regagne la route.

— Il faut la rattraper, sinon elle va donner l'alerte. Tiens, prend mon gourdin, ça pourra te servir.

Les deux hommes s'engouffrent par la petite porte pendant que le petit trapu s'approche des sœurs d'un air mauvais.

— Où sont les clés ?

L'abbesse s'avance d'un pas et de sa voix grave qui ne laisse transpirer aucune peur, répond calmement :
— Les portes ne sont jamais verrouillées car Dieu accueille dans sa maison tous ses enfants.

Mais l'homme toujours sous la colère d'avoir laissé échapper « la bonniche » voit une rébellion dans les mots de l'abbesse et la gifle avec une telle violence qu'elle tombe sur les sœurs postées un pas derrière elle. Chacune s'agenouille autour de la mère supérieure restée à terre, la lèvre éclatée et l'os du nez déjà bleui. Toutes forment une forteresse devant l'ennemi. L'homme excédé par cette agitation, commence à faire pleuvoir des coups de bâtons sur les dos des religieuses et hurle :
— Les clefs bon dieu ou je vous brise les os.

L'abbesse parvient à souffler à sœur Raymonde, la plus proche de son visage :
— Donne-lui le trousseau qui est accroché à l'entrée.

Sœur Raymonde se redresse difficilement, ses jambes ankylosées la font souffrir, et tout en protégeant sa tête des coups de l'homme enragé, elle lâche dans un cri animal :
— Je vais vous les donner, les clés, je vais vous les donner.
— Approche et pas de coup fourré, crie l'homme toujours le bâton levé.

La pauvre Raymonde avance péniblement, freinée autant par la peur que par la lourdeur de ses jambes.
— T'avance la vieille, on a assez perdu de temps.

Le bandit la tire par son habit, arrachant une partie de sa manche.

Incapable d'accélérer, sœur Raymonde pointe son doigt vers la porte principale de la chapelle et indique aussi fort qu'elle peut :

— Elles sont là-bas, à gauche du bénitier, près de l'entrée.

L'homme se précipite vers l'endroit indiqué, l'obscurité le gêne pour trouver les clés, il peste, crache sur la statue de Saint Thomas qui le domine avant de le décapiter et abat sa poigne sur le voile de Raymonde enfin parvenue devant la porte. Il la secoue aussi fort que la Coulagne qui emporte les rochers quand elle est en crue.

— Je ne vois rien, langue de putain, tu me les donnes ou je vais t'envoyer rejoindre ton Dieu.

La pauvre Raymonde a le souffle coupé, son crâne prisonnier de la main de fer de son bourreau lui donne l'impression qu'il va s'arracher de son corps. La religieuse n'est pas loin de la syncope mais portée par la volonté de sauver ses sœurs, elle pointe une nouvelle fois son doigt agité par les secousses de la brute vers le clou où sont suspendues les clefs. L'homme les aperçoit enfin et la projette comme un sac sur les dalles. Sa tête percute la base d'un pilastre et sœur Raymonde se retrouve gisant, inanimée à son   pied.

D'un seul mouvement, toute la communauté restée près de l'autel se précipite tel un torrent gonflé par l'orage mais l'homme fait barrage, toujours avec son gourdin levé.

— Un pas de plus et j'en assomme une ? Asseyez-vous !

Les religieuses reculent et se séparent à contrecœur pour s'installer sur leur chaise.

L'homme les fixe une à une.

— Dix. Si une seule bouge pendant mon absence…

Le bandit fait signe de trancher leur gorge puis se dirige vers l'abside. Dans le silence monacal, résonne le cliquetis des clefs balancées au rythme de ses pas. Puis on devine qu'il essaye de trouver celle correspondant à la petite porte. Chaque échec est ponctué d'un juron qui tasse un peu plus les sœurs sur leur chaise, chacune redoutant que les serrures ne soient grippées par le temps.

L'homme revient visiblement un peu calmé, il a dû réussir. Maintenant, il leur fait face et transperce chacune de son regard acéré comme la lame de son poignard accroché à sa ceinture et réitère sa menace :

— Si une seule d'entre vous bouge d'un cheveu pendant mon absence…

L'homme file ensuite vers la sortie principale, ouvre le lourd battant, le referme et d'un tour de clé les laisse prisonnières.

*****

Pendant quelques instants, aucune religieuse n'ose bouger, ni se regarder. Soudain, Marie-Andrée, la deuxième novice, décide de se lever.

— Je vais voir comment va sœur Raymonde

— Moi aussi, moi aussi, murmure chacune

Le geste de l'une entraine le mouvement de l'autre comme les rouages des moulins à foulon qui se remettent au travail. Bientôt toutes les sœurs s'agitent, excepté l'abbesse dont la chute a réveillé une douleur lancinante dans sa jambe atrophiée. La voyant grelotter, une sœur prend soin de la couvrir d'une étoffe de laine posée en bout de rang pour les jours de grand froid.

Penchée la première au-dessus de sœur Raymonde, Marie-Andrée découvre son regard fixe et sa bouche ouverte, signature de sa mort. Par reflexe, elle se signe, caresse le visage de celle dont le cœur était aussi gros que sa gourmandise et lève ses yeux vers les religieuses postées en arc de cercle.

— C'est fini, sœur Raymonde a rejoint notre Seigneur.

Chacune trace une croix sur son front, quelques sanglots sont vite étouffés par le miserere qu'elles murmurent pour le repos de son âme. Mais soudain « la faucheuse » se glisse parmi elles, son visage n'est qu'une ombre masquée par une grande étoffe tenue sous le cou par une main décharnée. Les religieuses ont un mouvement de recul et brise le cercle avant de reconnaitre l'abbesse.

— Portez- la derrière l'autel.

Sa voix est faible mais garde la maitrise de l'autorité. Les sœurs ne comprennent pas l'ordre de leur mère supérieure mais habituée à lui obéir elles s'exécutent. Dans une harmonie parfaite, avant de soulever sœur Raymonde, chacune lui redonne une allure plus sereine pour gommer tous les stigmates causés par son bourreau. L'une rajuste son habit sur ses jambes découvertes, l'autre baisse son voile pour masquer le bandeau blanc imbibé de sang, une troisième croise ses mains sur son rosaire et clôt ses yeux.

Lentement, la communauté accompagne la dépouille de sœur Raymonde, bercée au rythme de ses pas, dans la couverture qui couvrait l'abbesse. Après l'avoir délicatement déposée sur les dalles derrière l'autel, les sœurs attendent la parole de la Mère supérieure. Mais celle- ci garde le silence, leur tourne le dos pour se placer face au retable. D'un geste, elle sollicite Marie-Andrée qui la rejoint, lui souffle des instructions si faiblement qu'aucune sœur restée près de l'autel ne peut entendre. Stupéfaites, elles assistent à un cérémonial inhabituel. La jeune novice tend un bras vers la troisième croix surplombant le meuble religieux puis attrape la base pour la faire pivoter. Elle se rapproche ensuite du premier panneau de bois, caresse le crucifix fixé dessus puis le saisit à pleine main comme si elle voulait l'arracher ou le pousser. De grands ahanements accompagnent ses mouvements, encouragés par les hochements de tête de l'abbesse qui scandent chacun de ses efforts. Au moment où le christ se retrouve tête en bas, la novice recule soudain d'un pas devant le panneau de bois qui coulisse. Un miracle s'est produit, certaines s'agenouillent, d'autres prient face à l'ouverture pourtant peu engageante par sa noirceur et son odeur nauséabonde d'humidité. Toutes comprennent que cette gueule béante peut offrir un répit à leur calvaire. Toujours réactive face aux nombreux écueils jalonnant la vie de leur communauté, l'abbesse distribue les ordres :

— Prenez tous les cierges et les allumettes, et les couvertures, faites vite.

Les plus alertes se précipitent pour rapporter les objets demandés. Bientôt un tas de cierges jonche l'autel tandis que les couvertures sont distribuées.

— Vous deux, entrez les premières (sœur Marie-Andrée et sœur Gentiane sont désignées). Prenez un cierge pour nous éclairer puis aidez chacune à pénétrer à l'intérieur, y compris sœur Raymonde que vous porterez en dernier.

L'abbesse s'adresse ensuite aux autres religieuses :

— Chacune prendra un cierge avant d'entrer, sans l'allumer. Cela nous servira plus tard.

Sœur Marie-Andrée et sœur Gentiane franchissent le passage, étonnées du grand espace découvert derrière le retable. La lumière de leur bougie laisse entrevoir une pièce circulaire qui semble se prolonger au fond mais le temps est compté et sans se concerter, les religieuses se postent en sentinelles de chaque côté de l'entrée. L'ouverture étroite contraint chaque bénédictine à se baisser tout en enjambant la partie du panneau fixé au sol. Pour les moins valides, l'opération est délicate, les précieuses secondes deviennent des minutes cédées à l'ennemi. Pourtant aucun signe d'impatience ne se lit sur leur visage. Seuls leurs encouragements et des gestes de soutien accompagnent les sœurs les plus handicapées.

L'abbesse assise sur une chaise surveille les opérations. Au moment où la dépouille de sœur Raymonde franchit l'ouverture, les clés grincent sinistrement dans la serrure de la porte principale.

L'abbesse se lève, chancèle mais d'une voix insufflée par sa grande foi ordonne :

— Je reste, fermez vite le panneau d'un coup sec avec la poignée intérieure.

Soudainement, surgissant comme deux diables des enfers, sœur Marie-Andrée et sœur Gentiane bondissent sur l'abbesse, l'attrapent sans délicatesse par les bras et les pieds et l'enfournent dans la cachette en la lâchant brusquement sur le sol aux pieds des bénédictines alignées contre les parois humides de « la grotte ». C'est la première fois qu'elles n'obéissent pas à un ordre. Puis d'un geste rapide, Marie-Andrée rabat le battant de toutes ses forces. De l'autre côté on entend le déclic du crucifix retrouvant sa position initiale.

Un noir épais, poisseux, aveugle les sœurs. Les sons étouffés des pas se précipitant vers leur cachette et la voix bâillonnée du bandit les rassurent un peu sur l'épaisseur de la porte, bouclier contre ce monstre. Aucun interstice ne laisse filtrer de lumière, pas même la pointe d'une épingle. Cependant, le bandit a certainement entendu le coulissement du panneau ou le bruit du crucifix !

— Où sont ces garces ? Montrez-vous !

La voix rugissante de l'homme se cogne aux murs de la chapelle.

Ses piétinements près de l'autel vont et viennent sans jamais s'éloigner du retable. Pourquoi reste-t-il si proche ?

Sont-ce des traces sur le sol ou quelques couvertures et cierges abandonnés sur l'autel qui l'intriguent ? Ou peut-être les effluves des cierges éteints excitant sa truffe ?

Chaque bénédictine recroquevillée sur sa peur tente de prier mais sursaute à chaque hurlement. Que va-t-il se passer ? Vont-elles rester emmurées ? Quel sera le signal pour leur assurer le champ libre ? Le silence ne peut être la seule réponse.

*****

Plus un bruit derrière le panneau, depuis combien de temps ? Une heure, deux heures, une nuit ?

Les sœurs sont désormais assises, massées les unes contre les autres pour se réchauffer. Le silence autant que l'humidité et le froid hivernal les figent en statue. Agglutinées dans le noir, elles ne peuvent savoir qui sont leurs voisines. Qu'importe leur rang d'ancienneté et d'arrivée dans la communauté qui conditionnent leur place à l'église ou au réfectoire. Les règles strictes des bénédictines sont gommées, leurs corps se touchent et ne forment désormais qu'une seule masse. Les bras robustes étayent les troncs usés et les membres perclus. Les plus jeunes sont la colonne des anciennes et puisent leur sagesse dans les prières muettes et profondes des doyennes.

Plus de main qui les gifle, les frappe, les malmène et cherche à briser leur unité. La présence de Sœur Raymonde allongée près d'elles, prouve leur esprit communautaire au-delà de la mort.

Soudain le craquement d'une allumette et bientôt un halo dessine tel un clair-obscur le visage tuméfié de l'abbesse. Ses traits de souffrance mis en exergue par l'ombre, rappellent une peinture du Seigneur crucifié.

Instinctivement chacune se détache de sa voisine comme prise en faute.

— Mes sœurs, Notre-Seigneur nous soumet à une épreuve qui souligne la douceur de notre vie passée. Pourtant Dieu est témoin que souvent nous la trouvions difficile et laborieuse. Rendons-lui grâce de nous avoir concédé ce temps d'amour et de partage et de nous l'offrir ici et maintenant dans la douleur. Cet endroit n'est pas seulement un refuge mais l'entrée d'un tunnel.

Des soupirs de soulagement soufflent çà et là même si certaines s'étonnent de cette révélation tardive. Elles seraient déjà loin à cette heure.

L'abbesse poursuit :

— Non, ne croyez pas venu la fin de votre calvaire au bout de vos pas. Nombre d'entre nous ne pourra parcourir ce chemin. Il nous faudrait franchir des passages difficiles, grimper des échelles, descendre dans des puits et marcher courbées la plupart du temps. L'ancienne abbesse qui m'a transmis ce secret, m'a décrit tous les obstacles. Seul un enfant ou un adulte en pleine santé peut réussir. Le tunnel débouche à une demi- lieue de la Borie des Dames. Le métayer est lui-même dans le secret.

Après une longue pause, l'abbesse reprend :

— Sœur Marie-Andrée et sœur Gentiane, vous êtes missionnées pour partir chercher secours.

Le visage de l'abbesse s'efface au moment où son bras se tend pour éclairer les sœurs qui l'entourent. Le va-et-vient des ombres blanchit furtivement leur face comme des lumières qui clignoteraient dans le ciel. Les deux religieuses désignées se lèvent et allument leur cierge à celui de l'abbesse. Malgré leur peur et leur faiblesse, elles promettent de secourir leurs sœurs et sans attendre, avancent vers le fond de la pièce.

— Attendez dit l'abbesse, j'ai quelques précisions à vous donner.

Au terme de ses recommandations, elle ajoute simplement :

—   Prenez plusieurs cierges, le chemin sera long. Allez mes sœurs, nous prierons pour vous.

Fernand s'écrase sur son dossier pour laisser passer ses voisins qui rejoignent la file de l'allée centrale. Il ne va quand même pas aller bénir le bonhomme ! S'il est venu, c'est uniquement pour Michel Brageol, le fils, celui qui vend ses légumes au marché. Un brave gars courageux, pas comme son père, ce fainéant toujours fourré au bistrot ou à crier sur sa femme. D'ailleurs ça ne lui a pas porté chance. Fernand a tout vu mais il ne dira rien. S'il observe parfois avec ses jumelles le pan de montagne face à sa maison, c'est seulement pour s'occuper, pas pour raconter aux autres ce qui s'y passe.

Sa veuve Marie-Rose, figée au premier rang, console la petiote, Marie-Thérèse, qui n'arrête pas de sangloter. Il a retenu le prénom car le curé a parlé « de la petite-Marie Thérèse que son grand-père aimait tant, Baptiste Brageol savait être si généreux… ». Tous les hommes deviennent des saints dès qu'ils sont refroidis. Généreux ! Oui mais avec ce que rapportait sa femme qui courait d'une ferme à l'autre pour se faire embaucher à la tâche, ou qui vendait tout ce qu'elle pouvait récolter, noix, framboises, champignons… Ce n'est pas avec sa retraite de fainéant qu'il aurait pu faire bouillir la marmite.

Fernand ne   plaint pas pour autant sa veuve. Choisir le gars Brageol seulement pour sa belle gueule ! Quand ils étaient encore que des gosses, Fernand n'a pas oublié la   réputation de coureur et de noceur de ce bellâtre poilu comme un singe et qui s'en vantait sauf que le poil il l'avait aussi dans la main.

De nouveau, il s'amincit pour permettre à ses voisins de regagner leur place. Il devine sur lui, leurs lèvres pincées, certainement outrés de ne pas les avoir suivis à la bénédiction. Mais il s'en fiche, dès que le cercueil sortira, il s'éclipsera pour éviter le cérémonial des condoléances. Michel a vu qu'il était venu, c'est le principal.

Soudain tout le monde se lève, le curé a dû faire un signe. Sur un chant de fausses notes, le cercueil porté par des bras vigoureux, regagne le parvis pour s'installer définitivement au   cimetière accolé à   l'église. Suit Michel visiblement ému, accroché au bras de sa mère et entourant les épaules tressautantes de sa gamine.

Le ciel blanc de lumière éblouit Fernand coincé dans le troupeau de paroissiens que les lourdes portes dégorgent. Porté par le courant, il se retrouve planté dans le rang qui mène à la famille du mort, alignée le long d'une haie de buis très odorante. Seulement deux personnes le précèdent, il ne peut pas se défiler.

Furieux, d'un mouvement sec, il se découvre pour se préparer aux condoléances qu'il va devoir lâcher. Sa rage accrochée à sa mâchoire crispée, glisse dans ses mains qui broient son béret. Son tour arrive, elle est là, face à lui, même regard, mêmes boucles. Mais lui se dérobe, une colère qu'il pensait éteinte ou du moins presque mourante le submerge. Ses doigts accrochés à son béret se refusent à toucher Marie-Rose. Ses lèvres scellées sur des injures le rendent muet. Il devine son regard fixé sur lui et bientôt sa main posée sur son épaule pour l'amener à une accolade. Surpris, il se raidit et manque de la bousculer. Il s'empresse de serrer la main de Michel qui le remercie de son soutien et au moment de tapoter l'épaule de Marie-Thérèse collée à son père, la gamine lui demande :

—   Vous avez pas votre chien aujourd'hui ?

Fernand surpris, lâche sans réfléchir :

—   Ben non il aime pas les enterrements.

Il se mord la lèvre d'avoir sorti une si belle connerie. Mais la drôle, très sérieusement lui répond :

—   Je comprends, vous lui ferez une caresse pour moi.

Fernand se contente de hocher la tête, avance pour laisser sa place au suivant et se dépêche de descendre pesamment l'escalier qui rejoint la place. Diane assise au pied de la grille le regarde comme si elle comprenait sa peine.

*****

Au bistrot, certains villageois déjà accoudés au zinc l'ont précédé et commentent l'enterrement :

— Y'avait quand même du monde.

— Ouais mais pas beaucoup de la famille. D'ailleurs, c'était qui le vieux qu'avait la même trogne d'ivrogne que lui ?

— Son frère. T'exagère. Brageol est à peine enterré que …

— Ça va ! t'étais le premier à le critiquer, fais pas ton curé.

Les deux frères Astruc du Chambon, deux vieux gars, vivent ensemble mais passent leur temps à se chicaner. Pour faire diversion, le patron enchaine :

— A propos de curé, il devrait pas tarder à venir boire son coup.

— C'est vrai que son vin de messe n'est pas terrible.

— C'est pour moi que tu dis ça ?

— Ben non pourquoi ?

— Tu sais très bien qu'il vient de ma vigne.

Leurs disputes à la Pagnol amusent certains clients mais ne parviennent pas à détourner Fernand de ses pensées. Il vient de siffler son verre d'une traite et fait signe à Abel de lui en remettre un. Le patron en profite pour lui demander :

— Brageol, il était dans tes âges, t'es peut-être même allé à l'école avec lui ?

— Oui mais il avait un an de plus, se contente de répondre Fernand.

— En tous cas je maintiens que c'était un sacré soiffard et qu'il en est mort à c'qui parait, renchérit l'ainé des frères.

—   Mais non, dit l'autre, son fils m'a dit qu'il était tombé sur un rocher et qu'il était mort d'une hémorragie de la tête.
—   C'est bien c'que j'dis, il tenait plus sur ses guibolles à cause de la bibine.
—   T'étais là pour voir ? Ça s'est passé très tôt le matin, il pouvait pas être déjà saoul.

Fernand ne les entend plus, il flotte dans ses pensées et revoit la dispute. C'était exactement sept jours plus tôt, un jeudi, jour de marché. Vers huit heures, comme tous les matins, il avait attrapé ses jumelles pour observer le pan de montagne d'en face à l'affut d'un gibier qui traverserait la partie pelée du sommet. Souvent sa patience est récompensée et la course d'une perdrix ou l'avancée en pointillé d'un chevreuil le font partir du bon pied pour la journée. Un peu plus bas, il s'amuse parfois à repérer les cornes des Aubrac qui percent les brumes fumantes de leur immense pâture. Son rituel se termine toujours par un rapide coup d'œil sur la maison des Brageol, il devrait dire la ruine. Il prolonge son observation,   seulement si l'un d'eux apparait.

Et ce jour-là, comme au cinéma muet, il a vu le père Brageol agiter ses grands bras face à sa femme. Plus il se rapprochait d'elle plus elle reculait. Fernand pouvait se rendre compte de leur différence de taille, elle si petite face au long corps du mari. La montagne ne renvoyait que les aboiements du chien au bout de sa chaine de forçat. C'est à ce moment-là qu'elle est tombée, peut-être à cause de la laisse.

Lui la dominait, un doigt accusateur dirigé vers le sol où les buissons masquaient son corps. Soudain comme un diable surgissant de la terre, le chien a bondi sur son maitre lui faisant perdre l'équilibre. Puis plus rien, comme s'il avait rêvé ce moment. Pendant un temps, la montagne a repris son air paisible. Plus d'aboiements, disparition des corps agités. Soudain une tête est apparue au-dessus des buissons, puis un corps. C'était elle, Marie-Rose Brageol, elle s'est avancée vers l'endroit où son mari avait chuté puis elle s'est enfuie vers le village. Un tour de jumelles plus tard il serait passé à côté de la scène.

*****

La côte qui mène à sa maison est plus ardue à grimper aujourd'hui comme si la montagne s'était dressée et accentuait le fardeau qui plombe ses épaules. Putain ! Il a presqu'envie de chialer ! Il aurait pas dû boire autant, ces foutus verres lui embrouillent la tête et lui arrachent des larmes amères comme on tire un mauvais vin. Diane pour une fois le précède et de temps en temps lui jette un regard pour l'encourager à atteindre leur antre, où les souvenirs malheureux restent à la porte. Parvenu enfin devant sa bâtisse, Fernand s'empresse d'y pénétrer pour s'effondrer dans son fauteuil. Essoufflé et transpirant malgré le froid, il efface les traces de son vague à l'âme avec son grand mouchoir à carreaux. « Mets ton chagrin au fond de ta poche avec un mouchoir par-dessus et ça ira mieux ». C'est ce que disait sa mère quand il pleurait après être tombé. Mais cette fois, il sent que l'enterrement et plus particulièrement son face à face avec Marie-Rose, a fait sauter un couvercle. Fernand, la main posée sur le velours de l'accoudoir, ne lutte plus contre les souvenirs qui s'échappent.

Sa peau est douce, si douce comme le ventre d'un chiot. Elle le regarde et c'est la première fois qu'il ne baisse pas les yeux devant une fille. Il se sent bien, assis dans la fraîcheur de l'herbe du champ de pommiers, loin des autres, de ses copains qui salissent sa belle histoire avec leurs mots et leurs singeries bestiales.

Caresser son visage lui suffit. Laisser courir son doigt sur le contour si parfait, frôler ce velours qui lui en rappelle un autre, le ruban si doux qui encercle son cou. La pulpe de son doigt franchit le front chaud, dur, passe sous le tunnel des boucles et longe la rive des sourcils. La peau devient plus souple, son doigt grimpe maintenant la colline d'une joue fraiche et rebondie, et soudain se réchauffe à l'approche de la bouche. Le velours devient coussinet, tiède, humide, de petites gerçures accrochent sa peau. Un large sourire entrouvre ses lèvres qui fait chavirer son doigt. Il veut cesser son voyage mais la main de Marie-Rose le retient pour glisser tout son visage au creux de sa grosse main rugueuse dont il a un peu honte. Il sait exactement où et quand a eu lieu leur première rencontre amoureuse. Si le curé savait qu'il a joué un rôle dans cette histoire, il s'arracherait les cheveux. C'était le jour de la fête Dieu, en juin, il respire encore le parfum des œillets blancs jaillissant des corbeilles des enfants. Comme chaque année le curé désignait deux garçons et deux filles[12] pour tenir les cierges durant la procession. Et ce jour-là tous les deux ont eu cet honneur. Pour l'occasion, sa mère lui avait acheté un costume et des chaussures. Marie- rose aussi portait des habits neufs, il se rappelle le rose pâle de sa robe.

Aux trois haltes de la procession, au pied des croix, ils se faisaient face devant le reposoir [13] . C'est là qu'il a lu dans son regard sa déclaration. Après la cérémonie, pendant que les adultes profitaient de l'occasion pour partager les dernières nouvelles, tous deux ont filé au « pré aux pommes » situé au-dessus de sa maison.

Elle seule parlait. Lui n'en revenait pas qu'une si belle fille s'intéresse à lui. Elle lui disait qu'il était beau,

---

[12] Bailes et bailesses en patois
[13] Autel provisoire

que c'était un gentil, qu'ils se marieraient quand ils seraient un peu plus grands. Lui, pensait déjà que sa mère ne voudrait pas. Il n'avait que treize ans mais il pressentait déjà son emprise. Il préférait ne pas y songer et profiter du moment, avoir presque mal tant il aimait cette fille.

Plus les années passaient, moins ils se voyaient. Pour autant, les travaux de la ferme, du lever jusqu'au coucher sous les ordres des parents, n'émoussaient pas leur amour, bien au contraire, la rareté de leurs rencontres attisait leur désir et leurs ébats les laissaient épuisés et si heureux. Aimée était leur messagère, son chemin d'école longeait la ferme de Marie-Rose. Ces jours-là sa petite sœur faisait mine d'observer les vaches qui broutaient paisiblement, se collait au muret et glissait le mot entre deux pierres, là où une vieille roue de char finissait de pourrir. Parfois, sa main découvrait un message pour son frère.

Ils avaient aussi des codes pour communiquer. Ainsi ce pot abandonné sur la dernière marche du cimetière, si ébréché et recouvert de mousse que personne ne remarquait plus, était une mine d'informations pour eux. A l'endroit, à l'envers, en retrait, prêt à tomber, couché, souligné d'un ou plusieurs cailloux. Comme ils avaient ri à construire ce nouveau langage.

Mais un jour de grand gel où Fernand déversait des pelletées de bouses séchées dans la pente du chemin, pour que les villageois d'Espères ou des Pradelles descendent à la messe sans se casser une jambe, était apparue Marie-Rose toute essoufflée. C'était la première fois qu'elle venait chez lui, il se rappelle s'être dit qu'un malheur devait l'avoir poussée pour oublier toutes leurs précautions. Par reflexe, il avait jeté un œil à la fenêtre pour voir si sa mère ne se trouvait pas derrière le carreau. Marie-Rose l'avait d'emblée interrogé :

— Pourquoi tu ne m'écris plus, Fernand ? Tu veux arrêter ? C'est parce qu'on s'est disputé pour le mariage…

— C'est toi qui ne réponds plus, Aimée ne m'a rien rapporté.

— Tu mens, tu n'as pas encore demandé à ta mère ? C'est ça ?

Elle avait presque crié, il s'était retourné craignant que cette fois sa mère ne les aperçoive.

— Froussard, tu as peur de ta petite maman… et moi alors ! je passe après.

Fernand s'était retrouvé les bras paralysés par le poids de l'interdit à s'engager, un interdit muet mais tellement hurlé par les yeux de sa mère. Il s'était senti incapable d'envelopper Marie-Rose de son amour, de l'apaiser. Il demanderait … plus tard, dans quelques mois, à ses vingt et un ans. Là, il serait majeur et cette fois sa mère n'aurait plus le choix.

Marie-Rose en rage était partie ou plutôt s'était enfuie. Glissant sur le verglas, elle avait chuté en bas de la pente. Il n'avait pas fait un geste, aimanté par l'œil de sa mère apparue sur le perron.

Quelques semaines plus tard, il apprenait la rumeur du mariage de son amour avec le gars Brageol.

L'abbesse avait dit « *Marie-Aimée arrivera avant la tombée du jour* » mais la nuit est bien installée depuis deux heures sans qu'aucun visage ne soit apparu dans l'ouverture de la galerie. Sylvain, le fusil en bandoulière commence à ressentir le froid glacial qui l'a progressivement envahi, des semelles jusque sous son chapeau.

Quelques jours plus tôt, une religieuse était montée jusqu'à la Borie des Dames pour signifier à ses parents, de descendre expressément au monastère. Depuis le temps qu'ils exploitaient les terres rattachées au domaine religieux, jamais une telle demande ne leur était parvenue. Les contacts avec les bénédictines étaient rares même pendant les livraisons de bois ou de récoltes. Leur seule interlocutrice était Sœur Raymonde, une sœur tourière[14] , responsable de l'intendance mais leurs échanges se limitaient souvent à des signes pour indiquer les lieux où ils devaient décharger leur charrette. D'autres fois, cette bonne sœur un peu lourdaude leur dictait une liste de petits travaux à effectuer, barrière à réparer, lauze à recaler sur un toit ou commandait

---

[14] Chargée des relations du monastère avec l'extérieur

quelques denrées épuisées comme l'huile de noix, la farine de châtaigne ou le beurre…

Au retour de ses parents, Sylvain n'avait pas su grand-chose de l'entremise avec l'abbesse, excepté que tout cela devait rester secret. Le couple avait lourdement insisté sur ce point auprès de son grand frère Anselme et de lui-même. Leurs yeux à la fois inquiets et sévères n'appelaient aucunes questions ni commentaires. Comme les deux frères ne savaient rien, ils ne pouvaient comprendre ce qu'on leur demandait de taire.

Ce matin seulement, Sylvain s'était douté que son père lâcherait quelques mots sur « l'affaire » quand il le vit s'approcher pour lui demander d'abandonner sa coupe de bois. Il dut le suivre jusqu'au pied de la croix de granit, celle en contrebas de la ferme, plantée un peu en retrait du chemin sur un petit promontoire rocheux. C'était devant une sorte de trappe, dégagée des branchages qui la masquaient, qu'Armand, son père, avait lâché d'un seul trait ces mots :

— En fin d'après-midi, une heure avant la nuit, tu vas venir ici pour attendre une jeune fille. C'est c'qu'on a vu avec l'abbesse. Marie-Aimée, c'est son nom, ta mère l'a élevée au sein quand t'es né, pis on l'a jamais revue. Elle sortira du tunnel. Dégage l'entrée en l'attendant. Tu l'amèneras à la ferme, dans la pièce derrière l'étable. Voilà.

Sylvain abasourdi n'avait pu sortir une seule des questions qui se bousculaient au bord de sa fine moustache. En un seul bloc, son père s'était délesté de deux secrets : l'existence d'un tunnel et d'une sœur de lait, l'un accouchant de l'autre ce soir. Son père avait conclu :

        —   En attendant, va finir la corvée de bois, l'hiver va être rude.

Sylvain était rentré derrière son père, docilement, sachant que chez eux les paroles étaient rares et que son père en quelques secondes avait parlé pour toute une vie. Il savait pourquoi il l'avait choisi pour accomplir cette tâche plutôt que son ainé, tout simplement parce que lui aussi était un taiseux.

Elle ne viendra plus, il y a eu certainement un grain de sable dans le plan. Ce soir ou demain une messagère sera envoyée pour expliquer ce contretemps. Un petit vent féroce s'impose subitement et décide Sylvain à regagner la métairie. Le jeune homme s'apprête à refermer la lourde trappe mais suspend son geste en songeant que la jeune femme pourrait aussi bien arriver dans la nuit et se trouver prisonnière. La force lui manquerait certainement pour soulever cette masse. Aussi préfère- t-il laisser l'ouverture béante tout en n'oubliant pas de replacer les branches. Il reviendra à la levée du jour pour retrouver cette bouche mystérieuse et reprendre sa garde selon les consignes du père.

*****

Sylvain est revenu à la croix. Mais cette fois pour se réchauffer, il s'attelle à abattre un arbre tortueux planté à deux mètres de l'endroit. Heureusement que les travaux sont moins importants l'hiver. Son père n'a pas voulu attendre. Ce matin, il a attelé les bœufs pour descendre au village avec un chargement de paille pour faire taire les curieux qui voudraient savoir où il se rend de si bon matin. « Livraison pour le couvent » répondrait-il.

Armand sait qu'il ne croisera personne par ce froid terrible installé cette nuit pour plusieurs mois. Le crâne enfoui dans son grand chapeau de laine à ailes rabattues, sa veste grise en feutre très serré et la peau de mouton fourrée dans ses sabots, ne suffisent pas à calmer ses tremblements. L'air est si vif qu'il a gelé les terres et statufié la nature. Même ses bœufs collés l'un à l'autre à l'étable ont renâclé à quitter la bonne chaleur fumante de la paille, se laissant atteler difficilement.

Leurs sabots glissent sur les pierres. A plusieurs reprises le vieil Armand, cahoté brutalement, craint que la carriole ne livre au ravin sa cargaison bien avant l'heure.

Parvenu enfin sur le chemin reliant Maruéjols à Saint-Léger-de-Peyre, il est surpris d'entendre un vague ronronnement, difficile à rattacher à un son familier. Le monastère se situe encore à deux ou trois virages mais il a le sentiment que ses bœufs piétinent et prennent un malin plaisir à ralentir leur allure. Soudain quelques cris s'échappent et laissent place de nouveau à un grondement lancinant qui enfle au fur et à mesure de son approche. Serait-ce une émeute ?

Depuis que l'Etat a décidé de gérer la chose religieuse, il a entendu parler par des marchands ambulants, de bandes qui viennent tout saccager dans le sud du Gévaudan. Ils chassent les moines ou les religieuses et renvoient les prêtres pour en placer d'autres choisis par eux. Même s'il ne se mêle pas de religion, Armand voit d'un mauvais œil ces bouleversements révolutionnaires. A Saint-Léger-de-Peyre, les paysans sont loin des agitations et de ces bandes qui s'étripent pour abattre les nobles et les religieux. Des bains de sang, il y en a eu assez aux siècles derniers et les richesses sont restées dans les poches des mêmes, les seigneurs ou les Évêques. Eux les paysans resteront éternellement de pauvres bougres travaillant dur pour ne rien posséder et nourrir leur famille à grand peine. Au village, ils ont toujours eu un seigneur de Peyre, un homme d'église et des religieuses et ont toujours été contraints de leur donner une grande partie de leurs récoltes, de froment ou de seigle, pour payer les redevances ou le fermage. Alors…

Mais ici, tout le monde se respecte et tient son rang. Et puis si les religieuses étaient chassées, que deviendraient les terres et la ferme qui appartiennent à la congrégation ? Peut-être que lui aussi serait renvoyé comme un va-nu-pieds ? Il n'y comprend pas grand-chose mais ce qu'il regrette c'est que tout ne reste pas comme avant. Le curé est un brave homme et les sœurs lui donnent du travail.

Cette fois, ses bêtes viennent de s'arrêter, hument l'air et agitent leurs lourdes têtes siamoises en roulant leurs grands yeux cernés de noir. Une odeur de brulé vient alerter les narines d'Armand. Du feu à cette heure ?

Pressé de découvrir ce qui se trame au monastère, il descend de sa carriole pour garer les bœufs le long d'un sentier qui repart sur le flanc de la montagne. Il préfère terminer son trajet à pieds.

Du haut du chemin qui domine le couvent, une scène apocalyptique fige Armand. Des hommes et des femmes s'activent entre la Coulagne et la chapelle pour abreuver la gueule du porche qui crache des flammes monstrueuses.

Il dévale aussitôt le raidillon pour s'insérer dans cette chaîne humaine et se retrouve à passer des seaux entre deux fermiers qu'il connait.

— Où sont les sœurs ? s'empresse de demander Armand.

— Ça, on n'en sait rien, j'espère qu'elles ne sont pas en train de brûler vives. On a bien essayé de rentrer par derrière mais c'est un véritable four.

— Qui c'est qu'a donné l'alerte ?

Cette fois le paysan hausse les épaules pour dire qu'il n'en sait rien. Celui de droite renchérit :

— On sait pas. On a tous été réveillé par la cloche qui sonnait, sonnait... Tout le monde est sorti et c'est là qu'on nous a dit qu'il y avait le feu au monastère.

— Vous croyez que c'est quelqu'un qui a fait ça ?

— A c' qui parait, l'église était fermée quand les premiers sont arrivés, les flammes sortaient par les vitraux, il a fallu défoncer la porte.

De plus en plus de villageois arrivent pour prêter mains fortes, et bientôt plusieurs rangs acheminent l'eau, telles des fourmis agglutinées les unes aux autres qui tentent de sauver la fourmilière qu'un intrus a saccagée. Les rumeurs passent d'une bouche à l'autre. Certains disent avoir aperçu la veille des chevaux dans le pré accolé au monastère. De trois montures, c'est bientôt toute une cavalerie qui est décrite au bout de la chaîne humaine.

Armand se demande si la Mère Supérieure ne lui aurait pas proposé de protéger Marie-Aimée pour la préserver du danger qui couvait. Non, les choses avaient trop tardé selon l'abbesse, l'ordre de quitter le monastère aurait dû être exécuté de longue date et la pression du Cardinal devenait trop forte. La novice enceinte ne pouvait être accueillie ni dans une famille dont elle était dépourvue, ni dans une congrégation plus importante, encore autorisée.

Sa femme Luce, s'était empressée d'accepter la proposition à l'instant où l'abbesse lui avait précisé que Marie-Aimée était le nourrisson confié à ses soins dès sa naissance. Armand se souvenait du flot intarissable de larmes versées par sa femme quand il avait fallu remettre l'enfant à l'orphelinat, faute de moyens. Il avait presque fallu lui arracher du sein pour le laisser partir. Luce s'était trop attachée à ce « p'tit ange blond » comme elle l'appelait. Même leur fils Sylvain ne parvenait pas à compenser l'absence. Sylvain… Peut-être qu'à cette heure, il accueillait la jeune fille à la Borie des Dames ?

Profitant des flammes moins imposantes, certains tractent un tombereau de terre pour balancer de grosses pelletées dans l'ouverture et tentent de progresser pour approcher au plus près du cœur du foyer. Les hommes ressortent très vite, happant l'air comme des truites jetées sur la berge,   et dans des quintes de toux encouragent tous les habitants à poursuivre leurs efforts pour que la charpente encore indemne ne s'effondre pas.

Le prêtre parti prévenir l'évêché vient de revenir et court d'un groupe à l'autre pour savoir si les bénédictines sont revenues. A Maruéjols, aucune maison religieuse n'a de nouvelles, personne ne les a aperçues, un messager a été envoyé à Mende pour annoncer le drame. Il semble de plus en plus probable que les malheureuses aient brulé dans l'incendie, prisonnières de leur église.

— Entre, entre boire un coup.

Marius, le plus jeune des deux frères posté sur le seuil de sa maison, invite Fernand à le suivre dans l'ombre de la cuisine. Ce n'est pas la première fois que Fernand descend au lieu-dit du Chambon chez les frères Astruc. La bâtisse de cet ancien monastère est imposante mais seule une petite partie est occupée, le reste nécessiterait trop de travaux. Ce sont de lointains cousins du côté de son père, mais il ne se rappelle jamais vraiment quel aïeul ils ont en commun. Tout le monde au village est plus ou moins en famille par le sang ou par alliance comme le maillage d'un tricot, c'est ça qui tient chaud au cœur des habitants.

Marius, qu'une scoliose au fil des ans a vouté en point d'interrogation, est obligé de regarder les autres par en dessous. Cela lui donne une expression toujours un peu étonnée. Avant d'entrer, il se retourne pour lâcher discrètement :

— Il est pas dans un de ses bons jours, ses rhumatismes l'escagassent.

Puis lance à son frère :

— Regarde qui je t'amène !

— Comment tu veux que je voie, t'es devant lui, s'agace le grand frère avachi sur un fauteuil dans le coin le plus noir, coincé entre la cuisinière et le vaisselier.

— Oh ! Albert comment va ? s'empresse de dire Fernand, je viens chercher de la graine, j'en ai plus.

— Salut Fernand, je m'en doute, tu me l'avais dit au bistrot dimanche. J'suis pas encore gâteux. La tête elle fonctionne encore, c'est pas comme mes jambes, on dirait deux pieux !

Diane collée aux talons de son maitre, s'approche d'Albert et pose sa tête sur son genou.

— Hé oui, faudrait pas vieillir… murmure t'il en caressant les poils blancs qui parsèment la tête noire de la chienne.

Marius et Fernand s'attablent pendant que le frère ainé reste sur son fauteuil. Par la porte entrouverte malgré la fraicheur, deux poules curieuses tendent le cou et s'avancent pour picorer les miettes du dernier repas.

— T'en veux aussi ? demande Marius à son frère en montrant le litron de goutte.

— Ben oui pardi, c'est un bon remède pour les douleurs.

Tous les trois sirotent avec des claquements de langue. Leurs mains ne lâchent jamais leur verre « duralex » même quand ils le reposent sur la table. Marius tapote le fond machinalement sur le bois tandis que Fernand, de l'ongle du pouce gratte le liseré gravé. Albert lui, maintient son verre sur un genou et le tend dès qu'il est vide. Ce rituel silencieux à chaque visite n'est pas un instant de gêne, bien au contraire, c'est leur manière de savourer leur rencontre entre personnes de la même génération qui s'apprécient et surtout qui sont restés au village. Un mot de patois lancé par l'un, et les deux autres hochent la tête, c'est toute une histoire qu'ils se racontent.

— Bon, c'est pas le tout, tu peux m'en donner combien des graines ?

— De cebos[15] ou de poireau ?

— De cebos

— Autant que tu veux, j' en sème moins maintenant .

C'est Albert qui s'occupe du jardin, Marius préfère soigner la volaille et ses vignes.

— Tu peux y aller ? Elles sont dans la chapelle, au fond à gauche, demande Albert à son frère.

— Tiens, tu ne les ranges plus dans la remise ?

— Non, elles prennent l'humidité et ça fait germer les graines.

— Tu m'accompagnes Fernand ? Tu me diras la quantité.

Les deux hommes se lèvent, Marius rajuste son pantalon accroché aux bretelles raidies par la crasse, racle sa gorge avant de jeter un crachat dans la cour. Son vieux chien couché au pied du puits ne se lève même pas en apercevant Diane. Elle-même l'ignore, préférant suivre les deux hommes qui contournent le pignon à droite de la maison. Marius s'arrête devant le bois entassé sous de vieilles taules, à côté d'une grande porte de grange.

---

[15] Oignon

— J'ai pas chômé, faut dire que le Michel m'a donné un coup de main. Je lui en ai fait couper un peu plus, l'hiver va être rude. T'as vu les cebos cette année ? Ils sont emmitouflés comme des bonnes femmes.

— Oui , t'as pas tort, moi je suis pas en avance cette année, j'avance plus à rien.

— Ben demande à Michel, il demande que ça et maintenant que son père est mort, il va devoir aider sa mère encore plus.

Fernand se tait se contentant de demander :

— Alors c'est où que l'Albert cache la graine ?

— Derrière, dans la chapelle, là où le voisin met son foin.

Après quelques pas, les deux hommes s'arrêtent à l'arrière de la bâtisse, aux pieds de trois imposantes marches qui conduisent à une large lauze servant de perron. La façade haute en pierres, bâtie comme le reste de la maison ne laisse pas soupçonner la présence d'une chapelle derrière ses murs.

— Il a encore eu une bonne idée de fourrer ses graines là- haut, il doit pas encore assez peiner !

— Si tu veux, j'y vais, je vais bien les trouver, propose Fernand.

— Non mais tu me prends pour un handicapé ! j'dis ça pour lui, pas pour moi.

— Bon, bon, moi c'que j't'en dis.

Marius un peu contrarié s'empresse d'escalader les marches en s'accrochant à une rambarde qui file sur le mur. Arrivés tous les deux sur le perron, ils font une pause pour retrouver leur souffle. Fernand a le temps de détailler la petite porte en bois gris délavé assemblée de planches massives, certainement très ancienne au vu des ferrures.

En franchissant le seuil, Fernand qui s'attendait à entrer dans un endroit sombre est soufflé par la lumière blanche projetée par l'unique fenêtre cintrée postée en hauteur. Il reste béat devant la beauté de ce sanctuaire. De grandes croisées d'ogives sublimées par cet éclairage si particulier semblent vouloir protéger tout ce qui est entreposé. L'énorme tas de foin sec et odorant parfume délicatement l'espace. Quelques ruches empilées dans un coin côtoient une montagne de cageots et de vieux sacs de jute. C'est à cet endroit que Marius est en train de fureter, il s'aperçoit que Fernand ne l'a pas suivi.

— Ben, qu'est-ce t'as à rester planté là, viens me dire ce que tu veux !

— C'est incroyable, répond Fernand en se réveillant de sa hébétude.

— T'étais jamais rentré ?

— Non, jamais.

— Ça fait cet effet-là à chaque visiteur, moi j'ai l'habitude, je pense même plus qu'on est dans une chapelle. En tous cas, c'est un endroit bien sec, t'as vu le foin comme il est beau ? Finalement Albert a raison d'y mettre ses graines.

En s'approchant de Marius, Fernand aperçoit un escalier niché dans l'ombre, grimpant le long de la façade jusqu'à une petite porte.

— Ça mène où ?

— A une espèce de dortoir, nous on y va par l'autre côté, tu sais, la grande porte à côté du tas de bois que je t'ai montré. On y range tous nos outils.

— C'est incroyable, répète Fernand qui n'en revient toujours pas. Tout en avançant, il ne peut s'empêcher de scruter les hauts murs aux pierres blanches, grises ou marron entremêlées comme un tissage.

— Ça t'ira comme quantité ? Marius lui tend un seau de graines à moitié rempli.

— Oui largement, je vous donnerai des plants.

— Plutôt des oignons car le frangin, il jardine de moins en moins.

En repartant, Fernand jette un dernier regard à l'ensemble de la bâtisse et croit apercevoir un cadre accroché en haut des marches

— C'est drôle ce tableau tout seul dans cette chapelle !

— Oui, je l'ai toujours vu là, c'est une espèce de sainte. Mon père disait « ces bondieuseries, vaut mieux pas y toucher, ça porterait malheur ». Tiens, j'y pense, quand t'as demandé au curé pour la croix à l'envers, ben je crois qu'elle aussi, elle en a une dessinée au-dessus de sa tête.

Fernand se fige d'un coup « et si c'était la même que son crucifix ? »

Il fait un pas vers l'escalier puis se ravise car Marius va lui poser des questions et puis il a pas envie que tout cela finisse dans les commérages du bistrot. Mais Marius a surpris son revirement et l'incite à regarder le tableau :

—Vas-y le regarder de près. Pendant ce temps, je vais sortir des cagettes pour les pommes.

— Bon si tu veux, c'est que j'ai trouvé une bible d'Aimée avec une croix à l'envers sur la couverture, s'empresse de mentir Fernand mais Marius est déjà reparti dans le fond de l'édifice.

Les marches sont étroites et aucune rampe ne peut l'aider à les gravir. Parvenu péniblement sur le petit perron, il regarde attentivement le tableau très sombre, recouvert de salissures de mouches et de noir de fumée. Il se met de biais pour permettre au rayon de la fenêtre d'éclairer davantage la peinture. Il distingue difficilement une tête et une main tenant un objet. Un voile blanc recouvert d'un habit noir montre qu'il s'agit d'une religieuse. Elle est plutôt âgée et laide. Il n'aperçoit aucun crucifix tête en bas.

Il fait trop sombre pour voir plus de détails et la peinture vraiment trop sale. S'il grattait une allumette, peut-être pourrait-il mieux l'observer. Mais cela montrerait à quel point il est intéressé…Il regarde du haut de l'escalier, aperçoit les allers-retours de Marius qui transportent des cagettes pour les balancer à l'extérieur. Il se décide à sortir sa boite d'allumette et en grille une dès que Marius se dirige vers la sortie.

Vite il approche la flamme de la toile, l'émotion et la peur d'être surpris le font trembler. Il aperçoit au doigt de la religieuse une bague cerclée de petits ronds comme celle trouvée dans sa chazelle. Il gratte un peu la crasse et découvre une couleur violette. L'allumette lui échappe et heureusement ne tombe pas dans le foin juste en dessous.

— Hé tu veux mettre le feu !

Surpris d'apercevoir Marius aux pieds des marches, il sursaute et fait un pas en arrière.

— Et couillon, fais attention, il n'y a pas de rambarde.

— Tu m'as fait peur, je voulais mieux voir le crucifix mais il fait trop sombre.

— T'as qu'à le regarder au jour, allez descends le, des malheurs on en a eu, même avec le tableau accroché.

*****

Fernand dépose le paquet sur sa table. Marius a emballé le tableau dans de vieux journaux et le lui a fourré sous le bras. « *Tu me le rapporteras quand tu auras trouvé ce que tu cherches* »

Cette petite phrase l'a surpris. Ça se voyait donc tant que ça qu'il menait une enquête ? Oh et puis, ils pourront dire ce qu'ils veulent…qu''il cache un secret, qu'il est devenu cul béni ou qu'il perd la boule.

Comme pour sa première découverte, le vieil homme déballe délicatement le paquet, baisse la suspension au-dessus de sa tête et détaille la peinture. Le tableau dans la chapelle paraissait beaucoup plus petit mais là sur la table il occupe les trois quart de la surface. Sa peinture sombre et crasseuse efface tous les détails. Seul le visage de la religieuse semble percer cette nuit d'encre et la rend encore plus inquiétante. Fernand s'en va préparer une eau savonneuse dans la bassine émaillée posée en permanence au coin de l'évier en pierre et revient procéder à la toilette. D'un coin de torchon, il commence par débarbouiller le visage. Au fur et à mesure des frottements, des détails apparaissent, sa peau très pâle, un peu rosée. Le contour de son voile comme un médaillon met en lumière son regard doux, tranchant avec la raideur de son port de tête. Puis des décors naissent en arrière-plan. Un livre sur un pupitre, certainement une bible, une fenêtre à croisée, non on dirait plutôt une croix, les traces de peinture bleutées comme un voilage entourent un grand crucifix, tête en bas avec un coq et des clés à ses pieds…

Fernand s'applique à effacer les traces du temps, il progresse vite, son geste devient plus sûr, à la fois ferme mais pas trop pour révéler les nuances des couleurs et les préserver. Des détails nouveaux naissent sous ses doigts, une grosse croix de bois incrustée de pierres violette sur le col blanc de la religieuse, et enfin sa main tenant une lettre ou une enveloppe sur laquelle une écriture est tracée. Il procède en dernier au nettoyage du doigt qui possède la bague. Il s'est gardé ce moment pour la fin. Auparavant, il a rapporté la bague trouvée par son chien et l'a posée sur le tableau juste à côté. Même forme octogonale, mêmes ciselures, même argent martelé, même couleur violette. Il s'agit bien d'une copie parfaite de l'améthyste.

Une fois terminé, il explore le tableau à la loupe et parvient à lire le nom marqué sur la lettre. *A Marie-Agathe de Saint For, abbesse du Chambon.*

Des murmures et des reniflements attestent que la personne est toujours là. Dans l'espace réduit de la chaire, Marie-Anceline roulée en boule a posé tout naturellement ses mains sur son ventre. Elle sent son arrondi, gonflé la veille par les paroles soufflées par l'abbesse. Personne n'avait annoncé son existence, alors cette petite chose (elle ne parvient pas encore à dire son bébé) avait préféré s'effacer, se faire oublier en prenant le moins de place possible, un peu comme elle maintenant, dans sa posture inconfortable. Elle se surprend à caresser son ventre et sent l'anneau qui tourne sur son doigt. Les paroles de l'abbesse lui reviennent « *cette améthyste symbolise la pureté et l'humilité... les éclaboussures des autres ne doivent jamais atteindre votre intégrité* ». Ce message est pour lui ou pour elle, elle le lui transmet comme premier héritage et s'empresse de ranger son précieux talisman dans la poche de sa pelisse. Forte de cette pensée, Marie-Anceline tente de se redresser, son dos la brûle, ses jambes sont douloureuses et son envie de se soulager, insupportable au point qu'elle craigne de se répandre.

Appuyée à la rambarde, elle aperçoit un crâne dégarni qui la regarde sans paraître surpris ou en colère.

L'homme porte une soutane dont les boutonnières menacent de sauter sur sa bedaine rebondie. Ses deux poings posés sur les hanches, il l'accueille par ces mots :

— Je me demandais bien quand vous alliez sortir.

— …

— Notre maréchal-ferrant vous a aperçu hier en rentrant de sa tournée, après les Gratoux. Il a cherché à vous rattraper, vu le froid, mais il vous a perdu de vue avec ce maudit brouillard.

— Ah ?

Marie-Anceline est incapable de trouver des mots, abasourdie par cette conversation presque banale.

— Alors quand j'ai vu quelqu'un caché la haut, je me suis douté que c'était vous.

Marie-Anceline reste muette, elle ne parvient pas à deviner ce que le prêtre lui réserve comme sort : lui porter secours ou la renvoyer ?

— Vous descendez ? Je suppose que vous avez faim.

*****

Installée au coin du grand feu qui jaillit du sol de la cheminée massive, Marie-Anceline dévore son bol de soupe de rave fumante. Le prêtre l'a invitée à attendre au presbytère pour se remettre de ses émotions en lui disant qu'il reviendrait après la messe de dix heures. Avant de franchir le seuil, Marie-Anceline a couru derrière le gros frêne, à l'angle du jardin, pour se soulager. Le prêtre surpris, en a vite compris la raison et lui a tenu la porte sans un commentaire quand elle est revenue un peu honteuse. L'homme d'église s'est contenté de demander à sa servante de l'installer confortablement et de lui servir de quoi se restaurer. Puis tous deux sont ressortis, la laissant seule dans la pièce assez dépouillée. Il ne lui a posé aucune question, habitué à accueillir les âmes en peine, du moins c'est ce qu'elle suppose.

A son retour, que devra-telle raconter ? Dira-t-elle qu'elle vivait au couvent ? Parlera-t-elle de la Borie des Dames où elle était attendue ? Mais l'Abbesse lui avait bien précisé que cet arrangement avait été monnayé dans le plus grand secret. Finalement, elle n'était qu'une marchandise pour ces fermiers. La garderaient–ils comme convenu après son accouchement ? Comment avait-t-elle pu abandonner ses sœurs aux mains des tortionnaires ? A cette heure, certaines avaient peut-être subi les pires sévices ? Oui elle avait fui, obéi à l'abbesse par habitude mais n'était-ce pas plutôt un acte de survie égoïste en étouffant ses craintes ? Elle aurait pu au moins donner l'alerte en arrivant à Sainte-Lucie. Mais non ! Seule sa protection avait compté.

Marie-Anceline se lève d'un coup, prête à supplier les habitants d'aller porter secours aux bénédictines. Mais à peine a-t-elle fait un pas que la porte s'ouvre sur une femme qui la regarde, une main sur la bouche comme si elle venait de voir la vierge Marie. Ce doit être une autre servante... Marie-Anceline la bouscule en se précipitant vers l'ouverture pour accomplir sa décision mais s'arrête net aux paroles lâchées par la femme.

— C'est vous Marie-Aimée ?

— ...

— Dieu soit loué ! vous n'êtes pas brulée ?

Cette femme est folle !

— Je suis Luce Ballac, de la Borie.

C'est une hallucination, Marie-Anceline se demande si elle n'est pas encore endormie dans la chaire. Il faut vite qu'elle réagisse et sauve ses sœurs. Cette nuit, elle ne savait même pas qu'elle se refugierait ici à Sainte-Lucie, alors comment cette femme aurait pu le deviner ? Et puis pourquoi veut- elle la voir brûler ? La prend-t- elle pour une sorcière ? C'est un piège pour la faire parler mais elle ne dira rien.

— Je ne suis pas celle que vous cherchez, je suis sœur Marie-Anceline et je dois porter secours à mes sœurs du Chambon qui sont en danger.

— Oui, nous savons ce grand malheur. Des hommes sont en train d'éteindre l'incendie, mon mari vient d'rentrer du monastère, il a aidé comme il a pu ! C'est lui qui vient d' me rapporter l'affaire en revenant pour que nos garçons le remplacent. Je suis montée à Sainte-Lucie pour prier pour le repos de leur âme.

Marie-Anceline lit dans ses yeux délavés la cruelle vérité de son cauchemar éveillé. Ses sœurs ont péri, brulées vives par ces monstres. Ses jambes la portent à peine, trop d'émotion sonne le coup de grâce qui décapite la petite flamme encore allumée pour guider sa route. Celle qui se prétend de la Borie des Dames la soutient avant qu'elle ne glisse sur les dalles. Marie-Anceline se laisse porter jusqu'au fauteuil. Très vite un verre d'eau de la cruche posée sur un guéridon, lui est tendu par la main fine et calleuse de Luce.

Maintenant, la femme reste muette, plantée devant Marie-Anceline comme une servante qui attendrait ses ordres.

— Qui vous a dit que j' me trouvais là ? demande un peu abruptement Marie-Anceline.

— Avant d'entrer dans l'église, j'ai entendu Élise, la sœur du prêtre. Elle a raconté que son frère vous avait trouvée ce matin. Ella a dit aussi qu'vous attendiez au presbytère en attendant la fin de la messe. J'ai tout de suite compris que c'était vous Marie-Aimée que mon Sylvain a guettée hier soir à la sortie du tunnel.

« Marie-Aimée ». Marie-Anceline a du mal à s'identifier à son prénom de baptême. Malgré sa douceur, il la renvoie brutalement à l'orphelinat, à son abandon et puis il ne lui sied pas. Aimée ! Quelle ironie ! Si sa mère l'avait rejetée c'est qu'elle n'était certainement pas aimable. Marie-Anceline lui convient mieux, c'est le prénom de sa renaissance dans une vraie famille, celle des bénédictines. Durant six années passées au monastère, elle s'est gorgée de leur amour pour l'essaimer en retour, tout en remerciant Dieu.

—   J'ai bien travaillé pour vous, je suis remonté très loin.

Hubert Trünel n'a plus son air de gamin. Avec son col roulé et sa casquette, il fait plus sûr de lui. Puis il ajoute devant l'air figé de Fernand :

—   Il faut dire que toute votre famille n'a pas bougé d'endroit depuis tout ce temps.

Fernand ne sait quoi répondre. Il n'a pas l'habitude que l'on mette son nez dans ses affaires, surtout ses affaires de famille. Oui bien sûr c'est lui qui a accepté mais…

—   J'ai passé deux heures à la mairie.

—   Et le maire, y vous a pas posé des questions ?

—   Il n'était pas là, juste sa secrétaire.

Voyant que Fernand garde un œil inquiet, il s'empresse d'ajouter :

—   J'ai dit que je continuais des recherches sur ma famille, j'ai bien compris que vous comptiez sur ma discrétion.

Fernand sent son agacement monter, aujourd'hui ce jeune blanc-bec a l'ascendant sur lui. D'ailleurs, il est même assis à sa place, face à la porte. Lui qui aime voir les choses arriver, se retrouve dos à l'entrée, il a horreur de cela. Il va essayer de ne pas exploser, il l'a promis à Aimée. Il lève ses yeux sur la photo toujours postée sur la cheminée, sa sœur serre un chiot noir dans ses bras, le même genre de chien que Diane. Il sait ce qu'elle lui dirait devant sa mauvaise foi :

— C'est toi qui lui a proposé de s'asseoir là, pour y voir plus clair.

— Oui, oui mais quand même, il m'agace !

Fernand se tait pour éviter de sortir une parole piquante qui vexerait son visiteur et le ferait fuir comme la dernière fois. Fernand prend sur lui et se force à lui poser une question :

— Et vous, vous avez du nouveau sur votre grand-mère ?

Il n'ose plus le tutoyer.

— Non, rien, ni aucune trace de la cousine de Nasbinals mais comme je n'ai pas son nom de famille…Je suis allé consulter aussi le dossier de Mamie à l'Assistance mais rien non plus, même pas comment elle est arrivée à l'orphelinat. J'ai juste récupéré une photo d'elle à sa communion. J'ai vu les adresses de ses différents placements avant d'être confiée à l'aviatrice. La dernière est en région parisienne.

— Ben oui puisque St-Léger-de-Peyre, c'était leur résidence secondaire.

Fernand n'en a que faire de tous ces détails mais attend patiemment qu'on en revienne à ses affaires.

— De toute façon, mon père veut que j'arrête mes recherches, pourtant j'avais pensé aller trouver les descendants de l'aviatrice. Il a encore besoin de digérer toute cette histoire…

— Vous voulez un canon de rouge avant de manger, c'est prêt, faut juste faire réchauffer.

Fernand n'a pas eu d'autres choix que de l'inviter à partager son repas. Le fils Trünel l'avait prévenu par courrier de sa visite jeudi midi, après son passage à la mairie, lui demandant de confirmer le rendez-vous par téléphone à son travail. Comme le seul téléphone du village se trouvait chez Georgette « la préposée de la poste », Fernand avait dû s'exprimer à demi-mot pour qu'elle ne comprenne pas la conversation. En repartant, pour étancher sa curiosité, il lui avait dit que le gars revenait pour continuer ses recherches sur sa grand-mère. Il savait que Georgette était au courant de la première visite, comme tous les villageois.

— Allez ! Trinquons à nos ancêtres.

Après avoir trempé ses lèvres avec une légère grimace, Hubert sort des feuilles de sa sacoche et les étale sur la table.

— Regardez, si je ne me trompe pas, votre arrière-arrière-arrière-grand-père s'appelait Sylvain Ballac, il était agriculteur, comme tous vos ancêtres d'ailleurs. Vous verrez que certains ascendants ont eu des enfants de plusieurs lits. Ils se sont mariés plusieurs fois.

Voyant le sourcil de Fernand se lever, Hubert s'empresse d'ajouter :

— Oui, souvant à l'époque, on mourait plus jeune soit de maladie, soit à cause de la guerre.

Fernand se penche sur tous les documents rassemblés mais ne comprend rien à ce fouillis de flèches et de noms entremêlées, certains entourés et d'autres surmontés d'une croix. Un vrai foutoir. Hubert remarque l'incompréhension de Fernand et son air agacé.

— Je vais vous remettre tout cela au propre, j'ai recopié tous les noms, mais ce n'est pas toujours facile,

— Bon j'ai faim, on va manger.

En se levant, Fernand aperçoit Aimée qui le mitraille, il l'entend lui dire « un merci, ça t'écorcherait les lèvres ? ». Alors, il s'exécute en lâchant :

— Merci pour tout ce travail, et part chercher la cocotte qui attend sur la cuisinière.

Quand il pose le plat fumant, Hubert a déjà tout rangé dans sa sacoche et dresse les assiettes et les couverts préparés au coin de la table. Le jeune homme est souriant et semble heureux d'être là. Aimée exagère toujours !

— Hum, ça sent bon !

— J'espère que tu vas aimer (Fernand a repris le tutoiement sans s'en rendre compte), c'est mon plat préféré, ma mère savait mieux le faire que moi.

— Ah les mères savent toujours gâter leur fils.

— M'ouais…

Fernand lui sert d'office un gros tronçon de saucisse.

— Un peu moins, j'ai un appétit d'oiseau… comme dirait maman.

Le vieil homme suspend son geste mais sert le morceau choisi.

— Je te donne quand même une patate et une rave ?

— Oui, oui, ça a l'air vraiment délicieux.

— Je pense bien. C'est du cochon qui vient de Tremolet, là-haut sur le plateau. J'ai fait dessaler la saucisse depuis deux jours.

— Merci de m'avoir invité. Quand je vois comment vous avez rendu le sourire à mon père !

Fernand se tait, toute cette politesse l'énerve.

Le reste du repas se déroule dans le silence jusqu'à la tome de vache accompagnée d'une deuxième bouteille et enfin d'une poire curé de son verger. De temps en temps, leurs regards se croisent et échangent des signes qui traduisent leur plaisir du moment partagé.

Pendant qu'Hubert recopie dans un schéma plus dépouillé l'arbre généalogique, Fernand réchauffe le café dans une casserole sur la cuisinière. Finalement, ce n'est pas si désagréable de recevoir quelqu'un.

— Bon, j'ai essayé de simplifier. Sur ce schéma je ne vous ai mis que la branche qui mène à votre ancêtre paternel. De toute façon, je vous laisse mes notes où sont marqués tous vos ascendants et leurs enfants.

Fernand est maintenant assis à côté d'Hubert et tout en sirotant son café, place son doigt sur son nom et trace, ancêtre par ancêtre, le chemin qui mène à ce Sylvain Ballac. Tous sont de Saint-Léger-de-Peyre et tous agriculteurs. Fernand déchiffre chaque nom et prénom. C'est drôle, à plusieurs reprises, il trouve des « Aimée » parfois en deuxième ou troisième prénom. Arrivé presque au sommet de l'arbre son doigt tremble devant le prénom qu'il découvre : Thaïs, Thaïs Ballac.

— Et oui, je voulais vous laisser la surprise, souligne fièrement le fils Trünel.

De nouveau Fernand se sent contrarié de laisser transparaitre son trouble, il aurait préféré être seul. Alors, il répond d'un ton sec :

— Ça ne prouve rien, des « Thaïs » il y en a eu sûrement plusieurs.

Hubert commence à connaitre le bonhomme. Dès qu'il est touché, il enrobe son émotion de mots bourrus. Sa mamie était pareille. Aussi laisse-t-il passer un peu de temps pour ajouter :

— Je ne l'ai pas marqué sur l'arbre mais Thaïs a pris le nom Ballac, deux ans après sa naissance quand Sylvain Ballac a épousé sa mère Marie-Aimée Chambon. Il a reconnu Thaïs et lui a transmis son nom. Avant elle s'appelait comme sa mère « Chambon ».

— Vous voulez dire que Sylvain Ballac n'était pas son père ?

La question est posée sur un ton sec.

Je lui ai demandé de faire mon arbre généalogique pas de le commenter. Est-ce que je lui ai dit moi que sa grand-mère avait peut-être fauté avec le mari de l'aviatrice ?

— Je vous dis simplement l'annotation marquée en marge de l'acte de naissance de votre aïeule.

Voyant que Fernand garde un œil accusateur, Hubert tempère :

— On ne peut pas l'affirmer, ils ont peut-être fait l'enfant avant le mariage.

Mais il ne peut s'empêcher d'ajouter :

— Mais j'imagine que comme aujourd'hui, on se dépêchait de se marier quand la femme était enceinte. Alors deux ans, ça parait long…

Fernand essaie de calmer son humeur en posant de nouveau son doigt sur l'arbre pour maitriser ses mains qui commencent à trembler. Cette fois il part du haut pour descendre vers son nom mais immédiatement, il s'arrête en fronçant les sourcils.

— Si j'ai bien compris comment ça marche, Thaïs Ballac a eu un fils, mon arrière-grand-père Alfred. Mais lui aussi s'appelle Ballac, ça veut dire qu'elle a épousé un cousin ? Tu as oublié de mettre son nom.

Cette fois Hubert appréhende d'apporter une réponse, il pressent que le vieil homme est presque en train de l'accuser de dévoiler des secrets de famille.

— Non ce n'est pas un oubli, votre arrière-grand-père Alfred porte le nom de sa mère Thaïs Ballac. Son père ne l'a pas reconnu.

Décidément, c'est quoi toutes ces femmes qui font des gamins toutes seules ? Lui qui était fier de son nom à force d'entendre son père dire « chez les Ballac, jamais un pas de travers », il ne sait plus s'il a eu raison de vouloir comprendre si cette Thaïs cachée dans la Bible, pouvait être en lien avec sa famille. Hubert rompt le long moment de réflexion du vieil homme :

— Vous savez, moi qui m'intéresse à la généalogie, c'est monnaie courante dans toutes les familles.

—   Mais j'en ai rien à foutre des autres. Et puis, je sais pas si c'est bien de remuer le passé, ton père a sûrement raison d'abandonner les recherches sur sa mère. Ça changera quoi ? Ce qui est fait est fait…

Hubert sent que le moment est arrivé de partir, s'il ne veut pas que leur rencontre se conclue comme la fois où il avait rendu visite au vieil homme, sans y être invité.

—   C'est peut-être vrai, se contente-t-il de répondre pour ne pas prolonger la discussion, je vais y aller si je ne veux pas rater mon car à Marvejols.

En ramassant sa sacoche, ses yeux se portent sur un grand tableau accolé au pied de l'évier, parsemé de chiffons sales à sa base.

—   Vous   vous   êtes   lancés   dans   la restauration ? demande-t-il pour changer de sujet en montrant du menton l'objet découvert.

—   Non,   juste   un   grand   nettoyage,   il appartient à un cousin.

—   Et ça représente quoi ?

Le tableau posé dans l'ombre ne laisse apparaitre que la blancheur de la guimpe.

—   Oh   des   bondieuseries,   une   religieuse, Marie- Agathe de Saint For.

Hubert s'approche pour l'observer mais Fernand n'a pas envie qu'il voit l'améthyste sur le doigt de la religieuse. Quelle andouille de ne pas avoir rangé la toile !

—   Il ne faut pas y toucher, il est en train de sécher.

Hubert comprend que c'est chasse gardée, enfile sa veste, se coiffe de sa casquette et recule pour enfin prendre congé de Fernand.

— Ça plairait à mon père, il adore chiner, c'est grâce à ça qu'il s'y connait en Histoire. Tenez, par exemple si je lui donnais le nom de cette religieuse « Marie- Agathe de Saint For » il serait capable de vous donner tout son pedigree. C'est lui qui m'a transmis l'envie de travailler aux archives. Au revoir Monsieur Ballac, au plaisir de se croiser. Qui sait ?

— Bon ben, au revoir et bonne route et…merci quand même.

En franchissant la porte, les deux hommes tombent nez à nez avec la petite Marie-Thérèse. Fernand fronce les sourcils. Qu'est ce qui l'amène aujourd'hui ? Il a bien mis les cagettes au bord du chemin !

— Papa est malade, il pourra pas aller au marché.

— C'est pas trop grave au moins ?

La gamine secoue les épaules puis se baisse pour enlacer Diane qui vient quémander une caresse.

— Je sais pas , le médecin a dit que c'était la grippe.

— Tu diras à ton père qu'il se tracasse pas, c'est pas un marché en moins qui va me faire boiter.

— C'est votre petite fille ? demande Hubert.

Et sans attendre la réponse, il s'adresse à Marie-Thérèse :

— J'ai vu ton portrait sur la cheminée.

*****

165

Fernand aperçoit vaguement la silhouette du fils Trünel qui traverse la place, accompagné d'un petit point sautillant : Marie-Thérèse. Où a-t-il pu trouver une ressemblance avec Aimée ? Sa sœur est brune alors que la gamine est blonde comme le seigle. Et puis il doit bien savoir qu'il n'a pas d'enfant, il a suffisamment étudié l'arbre de la famille Ballac!

Fernand ne comprend pas pourquoi cette remarque lui laisse un arrière-goût de contrariété. Surtout que la drôle lui a bien fermé son clapet « C'est pas mon papy ! Le mien il est mort, en plus ça fait une semaine ».

Ce sont pas les gamines qui se ressemblent, ce sont les chiens. Diane est une bâtarde comme était la chienne sur la photo d'Aimée. Comment s'appelait-elle déjà ? Ben Diane comme tous les chiens qu'ils ont eus. Dès qu'ils en perdaient un, ses parents le remplaçaient par un autre corniaud d'une ferme du coin, même couleur, même taille, même nom. C'est depuis qu'il est seul que son chien n'est plus une simple bête. A la mort d'Aimée, Diane a hurlé dans sa niche tout un soir, comme un loup. C'était tellement lugubre qu'il a été obligé de la faire entrer dans la maison pour ne pas gêner les voisins et puis aussi, il ose à peine se l'avouer, pour partager avec elle son chagrin . Depuis, Diane dort dans la pièce à vivre, sous la table et partage toutes ses conversations silencieuses et ses coups de gueule.

Fernand regagne pesamment la maison avec la chienne, collée à ses sabots. Sur la table est éparpillé le résumé de sa famille et quelle famille ! Il en a fallu des tours et des détours pour que le nom Ballac soit transmis et ne se perde pas. Aujourd'hui il a appris qu'il était issu d'une branche bâtarde. Son père devait le sentir dans ses gènes pour brandir fièrement son nom comme un flambeau et rappeler que personne ne l'avait jamais sali et ne le salirait jamais.

« C'est pas mon papy ». Ça oui, la lignée Ballac va s'éteindre avec lui, son père avait pourtant deux frères mais la mort les a emportés avant qu'ils aient eu le temps de fonder une famille. Fernand ne peut s'empêcher de penser avec rancœur à la grand-mère de la gamine. Si Marie-Rose avait été plus patiente, il aurait bien fini par l'épouser et aujourd'hui il aurait certainement un petit fils qui l'appellerait Papy. La revoir de si près, à la fin de l'enterrement, l'a perturbé plus qu'il ne pensait.

Parvenue au sommet d'un puits interminable, Marie-Andrée reste assise, le souffle court, et ne pense même plus à rallumer son cierge.

— Continue, je te retarde, tu es plus agile. Va devant chercher du secours. Qui sait si ce bandit n'a pas déjà trouvé la cachette de nos sœurs ?

La religieuse tremble de froid et de fatigue et peut-être encore plus de peur en repensant au passage qu'elles viennent de traverser, une ascension à l'aveugle, sans bougie pour mieux agripper les barreaux, empêtrées dans leurs lourdes robes, dérapant à plusieurs reprises au point de perdre leurs chaussures. Plus elles grimpaient, plus le boyau s'étranglait comme le goulot d'une bouteille. Leurs coudes devaient rester collés au corps sous peine de cogner violemment les pierres saillantes dispersées çà et là. Sœur Gentiane, au-dessus d'elle, l'encourageait à poursuivre quand elle l'entendait gémir ou affirmer qu'elles mourraient comme des rats. « Allez, courage ! Dieu nous accompagne, nous avons une mission, prions ensemble si tu veux ». Mais seule, Sœur Gentiane ânonnait des versets pendant qu'elle-même s'imaginait se heurter soudain à un couvercle plombé qui scellerait tout espoir de revoir le jour.

Sœur Gentiane, assise un peu plus loin, allume son cierge. Ses vêtements ressemblent aux loques des mendiants qui errent aux pieds des fortifications de Maruéjols, sa guimpe et son bonnet ont glissé sur ses épaules et découvrent son crâne rasé. Sa voix tremblante et affaiblie parvient à répondre sur un ton qui se veut ferme :

— Non, nous sommes plus fortes à deux. Ta présence me rassure et puis ton éclairage m'est précieux pour revenir sur mes pas à chaque fois que tu m'attends à l'entrée d'un nouveau passage. Je pense que nous avons franchi l'étape la plus difficile. Rappelle-toi, notre Mère nous avait précisé de ne pas prendre au premier embranchement la galerie de droite menant à l'église de Saint-Léger-de-Peyre. Le risque était trop grand de nous jeter dans la gueule du loup si les bandits avaient eu l'idée de la piller aussi. Nous avons donc continué tout droit. Mais te rappelles-tu ce qu'on aperçoit à l'extérieur quand on est au pied de la montagne ?

Marie–Andrée entend les paroles de sa consœur sans vraiment les écouter. Qu'importe son bavardage pour la rassurer et la convaincre de poursuivre. Tout ce qu'elle veut c'est ne plus faire un pas.

Malgré le silence de sœur Marie-Andrée, sœur Gentiane continue son monologue :

— Et bien, du chemin on aperçoit une grande barrière de granit. Donc à mon avis, le puits que l'on vient de grimper a été creusé dans la roche pour traverser cette zone et atteindre de nouveau une partie boisée. Regarde ces racines qui percent par endroits la voûte.

Promenant son cierge le long des parois, des ombres animent les racines   comme des doigts qui chercheraient à griffer le crâne lisse de la bénédictine.

— Il nous faut continuer.

— Mais nous n'avons plus de chaussures !

— Raison de plus, il nous faut avancer pour ne pas mourir de froid. Nos sœurs comptent sur nous, les malheureuses doivent elles aussi être transies.

Marie-Andrée un peu honteuse de s'appesantir sur son sort, se redresse après avoir allumé son cierge. Elle remonte ses bas de laine, rajuste sa guimpe et son voile, imitant sœur Gentiane et secoue son habit tel un oisillon qui agiterait ses ailes avant de se lancer dans le grand saut. Pesamment, elle se relève pour reprendre   sa marche de forçat derrière l'autre bénédictine. La galerie se poursuit dans une pente ascendante. Contrairement aux premiers kilomètres, le plafond est plus bas et les oblige à marcher courbées. Toutefois le sol plus sec et moins glissant compense cette difficulté d'autant qu'elles sont dépourvues de souliers.

Après un long moment, dans une   progression silencieuse rythmée par leur souffle, Sœur Gentiane s'arrête soudain à un embranchement. Sœur Marie-André se rapproche et aperçoit le départ d'une   deuxième galerie. L'abbesse n'en a pas parlé, a-t-elle oublié ? Mais elle préfère taire sa peur qui revient comme une vanne libérée qui lâcherait un flot d'images morbides. Comme à chaque fois, elle reste à l'entrée pendant que sa consœur part explorer les lieux. Sœur Gentiane ne tarde pas à revenir à pas précipités, et l'encourage à reprendre leur ascension dans la première galerie.

—   Poursuivons, ce n'est qu'un cul de sac.
Mais sa voix étranglée surprend Marie-Andrée.
—   Qu'as-tu vu de si terrible ?
—   Allons-y, nous n'avons pas de temps à
perdre.

Poussée par la curiosité et surtout voulant agir pour surmonter la peur qui l'étreint, la religieuse s'engouffre à son tour dans la deuxième galerie. A sa grande surprise, dix pas suffisent pour déboucher sur un espace circulaire, guère plus grand qu'un four à pain mais plus haut, jonché de détritus. Elle balaye le sol et les murs du faible éclairage de son cierge, aperçoit sur un côté des pots en terre dont la plupart sont en miettes. Un tas de chiffons couvrent une grande partie du sol qu'elle piétine. Les tissus en gros drap de laine ressemblent à ceux de sa communauté. D'ailleurs, à mieux regarder, il s'agit d'habits, peut-être de capes ? Certaines ont même de grandes capuches. C'est à la fois étrange et rassurant, des gens ont vécu ici. Ce tunnel a servi d'abri, de protection. Soudain la lumière s'intensifie dans la grotte et la surprend. Elle fait un pas de côté et piétine les étoffes. C'est seulement Gentiane qui l'a rejointe mais qui reste plantée à l'entrée de la pièce, la fixant dans un silence surprenant. Marie-Andrée sent sous ses pieds, de gros cailloux et des branches, rouler sous les tissus. Elle se penche pour les soulever mais le cri de l'autre religieuse la stoppe net.

—   Sortons, nous perdons du temps.

Ce cri plus qu'un ordre convint Marie-Andrée de soulever un pan de tissu. Brutalement, elle découvre un crâne au creux d'une capuche puis une croix prisonnière des os blanchis d'une cage thoracique. Comme une folle, elle arrache toutes les étoffes, finit par chuter au cœur de ce cimetière humain. La flamme de son cierge lâché dans la panique commence à lécher un morceau de tissu. Agitée de spasmes hystériques, Marie-Andrée perd totalement le contrôle de ses sens et hurle, allongée au milieu de la marée de squelettes en sentant son crâne roulé contre d'autres crânes.

Sœur Gentiane reste figée, pense se trouver aux portes de l'enfer où les flammes dévorent les impies. La fumée commence à envahir la pièce et la sort de sa sidération. Elle se précipite sur la malheureuse pour l'extirper de ce lieu irrespirable. Mais Marie-Andrée toujours allongée reste sourde aux ordres, hurle de plus belle et se débat. Sœur Gentiane gonflée par l'envie de survivre, gifle copieusement la religieuse pour stopper la folie qui la possède. L'effet est immédiat puisque Sœur Marie-Andrée s'assoit comme pour sortir d'un cauchemar, accepte la main qui la tire vers la sortie et court derrière Sœur Gentiane pour s'engager dans l'autre galerie.

Epuisées, assises dans le noir à l'embouchure de l'autre passage, les deux bénédictines suffoquent d'émotion et expectorent les nuées de fumées aspirées quelques secondes plus tôt.

Leurs dernières forces sont grignotées comme l'oxygène par le feu.

Affamée, assoiffée et anéantie par la scène apocalyptique, le présage de finir enterrée vivante comme ces religieux, envahit à son tour Sœur Gentiane. Leur mère supérieure a surestimé leur endurance ou sous-évalué la complexité du parcours.

— Prions ma sœur pour notre communauté et pour notre repos éternel. Tu avais raison, finalement notre chemin s'arrête ici.

Marie-Andrée se demande si la bénédictine ne lâche pas ces paroles pour l'encourager à poursuivre mais aux premières notes entonnées du miserere, réservé habituellement aux funérailles, la religieuse comprend la véracité de son renoncement. Alors comment, si peu téméraire d'ordinaire, allait-t-elle pouvoir convaincre sœur Gentiane de reprendre leur parcours? Comment leur mère supérieure avait-t-elle pu la choisir pour mener à bien une telle mission ? Seule sa jeunesse et sa bonne santé avaient dû peser dans sa décision, car combien de fois l'avait-t-elle vue lever les yeux au ciel dès qu'un rat dans les réserves lui tirait des hurlements retentissants. Mais cette fois le rat c'était elle, et la vision morbide qui l'avait possédée tout à l'heure, la gonflait maintenant d'un grand courage pour s'extraire au plus vite de cette galerie.

Doucement Marie-Andrée se rapproche de Gentiane, replace sa guimpe sur son crâne, ressert son col dont le premier bouton a sauté puis lui ôte son voile. La prenant doucement par les épaules, elle lui murmure à l'oreille des mots apaisants comme pour un enfant malade :

— Grace à toi, j'ai réussi à franchir des étapes très difficiles, c'est à moi désormais de prendre en mains les guides pour nous mener vers la sortie.

Gentiane ne répond pas, se demande où sa sœur puise sa volonté de vouloir poursuivre. Marie-Andrée reprend, se plaçant cette fois à ses pieds en les serrant dans ses mains.

— Puisque nos bas sont déchirés et que nos pieds ne sont plus que plaies et engelures, réchauffons-les avec la flamme de nos cierges.

Puis déchirant le voile en bandelettes, elle ajoute :

— Nous chausserons nos gants à nos pieds et les banderons avec le tissu de nos voiles. Nous avons franchi l'étape la plus difficile, c'est toi-même qui me l'as dit. Allons sauver nos sœurs.

*****

Eté 1793

—   Thaïs, oh non ! Tu vois bien que l'on m'attend ! Dans la cuisine,   Marie-Aimée retient   un sourire devant   l'expression   comique de son enfant   qui s'accroche à ses jupons.

Aux premières lueurs du jour, réveillé par la petite fille   qui gazouillait, Sylvain avait   pris soin de la dénicher de son   berceau   placé au pied de leur couche. Son petit crâne encore duveteux malgré ses deux ans, était   venu se lover au creux de son cou. A travers sa liquette, la chaleur du petit corps avait fait battre son cœur. Il était   fou de cet enfant qui n'était   pas le sien mais qu'importe, puisqu'il portait désormais le nom des Ballac depuis ses   épousailles avec Marie-Aimée. L'enfant avait glissé une   menotte dans   les boucles abondantes de « son père » tout en tétant son pouce de l'autre main. Ses petits doigts parcourant   son crâne et ses bruits de succions si délicats   l'émouvaient. Peu de mots entre eux, leur attachement était   né de leurs pupilles aimantées dès les premiers jours.

Souvent dans les bras de Luce, la mère de Sylvain, qui le garde pendant que Marie-Aimée soigne les animaux ou vaque à d'autres travaux, l'enfant cesse tout pleur ou jérémiade   dès l'arrivée du jeune homme. Un midi où Marie-Aimée   était alitée avec une forte fièvre, l'enfant d'à peine six mois,   n'avait cessé de pleurer dans le giron de sa grand-mère,   malgré ses comptines et ses bercements. Découragée, elle   l'avait confié aux   bras de son cadet. Le nourrisson   avait plongé ses yeux dans les siens et sombré dans un sommeil profond, comme hypnotisé.

Trois ans plus tôt, Sylvain n'aurait pas parié sur cette scène familiale matinale si paisible et presque naïve. Devant la porte, son frère Anselme dressé comme un mat, ne peut s'empêcher de regarder niaisement les dandinements de Thaïs même si sa main posée sur la poignée, trahit son impatience d'attendre Sylvain et sa femme pour partir aux travaux des moissons et des fenaisons. Marie-Aimée enfile ses sabots tout en nouant son foulard sur ses grands cheveux blonds mais la petite fille agrippée à ses jupons, repousse chaque fois le moment de la séparation, réclamant un dernier baiser à sa mère. Luce, vieillie prématurément par son veuvage, tend à Anselme, une besace avec un pain de seigle et un litron de vin aigre. Le père, emporté par une mauvaise grippe durant l'hiver, a laissé un manque plus grand que leur pauvreté visible dans le dénuement de la pièce où les lits d'Anselme et de Luce encadrent la longue table en bois flanquée de ses deux bancs.

Sylvain pense que son bonheur serait complet si son père était encore présent. Le travail est de plus en plus difficile et les nourrit de moins en moins. Ici la Révolution n'a pas réduit leur misère et ose s'attaquer au sacré. On parle d'une vingtaine d'ecclésiastiques exécutés dans le Gévaudan et de ce Marc-Antoine Charrier de Nasbinals, guillotiné à Rodez pour avoir encouragé un mouvement contre-révolutionnaire.

Parfois il se trouve un peu honteux de ne pas avoir la bravoure de ceux qui combattent pour un camp ou un autre et qui défendent des intérêts communs au risque de leur vie. Lui n'aurait pas le courage de cacher un prêtre réfractaire comme certains du village. Cette vie miséreuse entourée de ceux qu'il aime, lui suffit. Surtout son amour pour Marie-Aimée, sa femme.

Aux premiers mois de son arrivée à la Borie des Dames, Marie-Aimée était restée allongée, prostrée jusqu'à son accouchement, dans la pièce aménagée très sommairement derrière l'étable. A peine parvenue à la ferme avec Luce qui l'avait ramenée de Sainte-Lucie, la novice avait vu Armand et ses fils décharger deux corps de la carriole. En s'approchant, elle avait reconnu leur visage malgré leur teint de moribonde et le grand désordre de leur tenue. Sœur Marie-Andrée et sœur Gentiane. On aurait dit deux folles avec leurs yeux exorbités et leur bouche bleuie par le froid glacial. Chaque frère en maintenait une fermement pour qu'elles ne s'effondrent pas.

— Nous les avons trouvées au bord du chemin, près de la croix, en partant au couvent pour aller éteindre l'incendie, avait lancé l'un d'eux.

Marie-Aimée s'était jetée sur elles, les serrant puis s'agenouillant à leurs pieds. Pressées de questions, les malheureuses dont les lèvres étaient scellées par le froid ne pouvaient proférer une seule parole. Les hommes ne comprenaient rien. Marie-Aimée était-elle une des deux sœurs ramassées au bord du chemin ? Qui était cette fille accompagnée de leur mère ?

Le contact glacé des pieds des religieuses et surtout leur silence, avaient soudain fait réagir Marie-Aimée. Il fallait vite les réchauffer, sous peine qu'elles meurent sur place. Aussitôt, les hommes précédés par Luce, les avaient portées jusqu'à la cheminée presqu'éteinte. A grands souffles de bouffadou, sur deux poignées de genêts séchés, jetés à la hâte, le foyer s'était réveillé dans une flambée ardente...

Oui, Sylvain se rappelle mais la voix forte de son frère le ramène au présent.

— Les autres vont arriver les premiers ! Allez ! Dépêchons nous de grimper là-haut !

Après la promesse de Luce d'aller chercher les œufs pondus du jour, Thaïs lâche la robe de sa mère pour chercher le petit panier tressé par le pauvre Armand.

Quinze jours que Michel est cloué au lit sans pouvoir travailler et vendre les plants de cébos et de poireaux au marché. La gamine est montée ce matin pour dire à Fernand que son père voulait le voir. Quand il lui a demandé pourquoi, Marie-Thérèse a fait un bruit de bouche en gonflant les joues pour dire qu'elle n'en savait rien puis quand il a ajouté « Et comment il va ? », une brume a brouillé ses yeux clairs et il s'est traité de vieux con. Heureusement, Diane toujours fourrée dans ses pattes, est venue réclamer une caresse à Marie-Thérèse qui a séché ses larmes dans le pelage de l'animal.

« J'irai tantôt », lui avait-il promis et la drôle était repartie en sautillant sur le chemin de l'école comme si Diane avait léché tout son chagrin.

*****

La côte est plus raide que dans ses souvenirs. Faut dire qu'il ne grimpe jamais plus sur cette partie de la montagne où logent les Brageol. A chaque tournant, il reconnait un détail : un muret ventru qui résiste encore à la terre qui le pousse, le triangle d'une pâture, l'allée de ronces où il se gavait de mûres acidulées, l'eau de la fontaine qui jaillit toujours en hoquets. Seuls deux trois arbres qui lui servaient de cachettes quand il était môme, se sont rapprochés du ciel. A l'inverse, les toitures des chazelles se sont tassées.

Le Michel loge avec sa fille dans une petite baraque posée dans un pré à cinq cents mètres de la maison de ses parents. La commune lui loue pour le franc symbolique contre les travaux qu'il a effectués courageusement avec ses maigres moyens. Auparavant, il vivait chez ses parents, avec sa femme, mais quand Cécile est morte en couches, son chagrin et les saouleries de son père l'ont poussé à fuir la maison. Les travaux terminés, il a emménagé avec sa petiote, demandant à sa mère de venir la garder chez lui. Plus tard, il a accepté que sa fille passe du temps chez ses grands-parents. C'est là qu'il a découvert son père sous un nouveau jour quand il l'a vu fabriquer des jouets en bois ou créer un potager sur un mouchoir de poche pour sa petite-fille.

Fernand parvient enfin à la porte de l'ancienne chazelle. Une paire de bottes posée à l'entrée et un panier de légumes encore fraichement habillés de terre, lui laissent penser que Michel ne va pas si mal pour s'occuper de son jardin.

Il frappe au ventail, la porte s'ouvre, mais le visage qui apparait en contre-jour est celui de Marie-

Rose. Une gêne muette accrochée à son maigre sourire s'efface pour l'inviter à entrer.

La drôle n'a pas dit que je devais venir cet après-midi !

Fernand recule en bougonnant :

— Je repasserai.

Puis il emprunte, furieux, le chemin du retour, Diane sur ses talons.

— Attends ! Fernand, reviens !

Même si le ton est plaintif, il reconnait la pointe d'autorité qui lui valait parfois le surnom de Marie-Rosse quand elle se bagarrait comme un garçon. C'est ça qui lui avait plu, elle était différente des autres filles, sa douceur enrobée dans ses poings l'émouvait. Mais ce « reviens » qu'il aurait tant aimé entendre cinquante ans plus tôt, ne l'émeut pas, au contraire.

— Fous-moi la paix !

Comme un crachat qui lui bloquait la gorge, Fernand jette ses mots sans se retourner.

Les pas qui se rapprochaient de lui se sont arrêtés. Marie-Rose a reçu ce cri comme une gifle, ne soupçonnant pas la rancœur toujours vivante de son amour de jeunesse. Elle aussi avait aimé ce garçon mais elle n'avait jamais regretté le mariage qu'il lui avait refusé. Quoi qu'en pensent les langues de vipère, Baptiste Brageol avait été un bon mari même si la mort de leur belle-fille, lui avait fait préférer la bouteille. Le vin le rendait jaloux et plus d'une fois elle avait dû s'enfermer pour ne pas recevoir de coups. Pourtant elle ne lui en avait jamais voulu. La disparition brutale de Cécile, la mère de leur petite fille, avait réveillé chez lui le manque de sa propre mère, morte quand il avait deux ans.

— Attends, c'est Michel qui a demandé que tu passes et que je sois là aussi, il va mal …

La voix se brise comme si tout était perdu. Une image brutalement le fige : la triste image de sa sœur Aimée, alitée par une méchante grippe avec le médecin impuissant à la sauver.

Lentement, il fait demi-tour, avance comme si Marie-Rose n'existait pas, et lâche en la dépassant :

— Je le fais pour Michel.

Fernand pénètre le premier dans la petite maison sans se retourner et ordonne à sa chienne de rester dehors. A un angle de la pièce, Michel allongé, tente de s'asseoir pour l'accueillir, mais sa tête retombe aussitôt sur les oreillers qui le maintiennent à demi couché. « C'est pas lui qu'a pu aller au jardin ! », pense aussitôt Fernand. D'un geste, le malade fait signe au vieil homme de s'asseoir à la table qui touche presque son lit.

— Salut Fernand, un café ?

La voix de Michel est hachée par la fièvre. Le jeune homme fait comme s'il n'avait pas entendu la scène sur le pas de la porte ni les cris dans l'allée. La fenêtre entrouverte laisse entrer un peu d'air pour chasser les microbes.

— Va pour un café.

Aussitôt Marie-Rose, appuyée à l'échelle de meunier qui doit mener à la chambre de la gamine, se dirige vers la cuisinière occupant une grande partie de la salle. Elle saisit la cafetière fumante avec un torchon et de l'autre main, sort trois mazagrans d'une petite armoire collée à l'évier en pierre. Après avoir servi le café, elle propose silencieusement un sucre de la boite attrapée entre deux petits bouquets de fleurs des champs qui décorent l'étagère. Ce doit être la drôle qui les a cueillies et mit dans des verres, pense Fernand qui ne peut s'empêcher de suivre tous les gestes de Marie-Rose.

Puis elle se dirige vers son fils pour l'aider à absorber le breuvage brûlant. Soudain, Michel s'étrangle et s'étouffe dans une toux déchirante.

— C'est pas du café qu'il faut lui donner, c'est du sureau pour faire tomber la fièvre ! s'énerve brutalement Fernand qui en renverse sa tasse.

Qu'est- ce qu'il fout là ! Il n'a pas sa place, pourquoi a- t-il accepté de rendre visite au fils Brageol, lui qui ne fréquente personne ? « C'est ton cœur de guimauve » aurait dit Aimée pour le taquiner.

Pendant que Michel peine à retrouver son souffle, Fernand saisit le torchon posé sur la chaise et éponge le café sur la table. Il attrape une cigarette déjà roulée dans sa poche puis suspend son geste. Après un temps assez long, Marie-Rose s'éloigne pour boire son café debout au coin de l'évier. Fernand en profite pour se rapprocher de Michel.

— Je vais y aller, il faut que tu te reposes.

Aussitôt le fils Brageol lui attrape le bras comme si un aiguillon l'avait piqué et le supplie de rester encore un peu :

— Ça ne sera pas long mais surtout laissez-moi parler tant que je peux encore. Maman, viens t'asseoir à la table.

Est-ce qu'il parle de sa toux ou de ses jours qui sont comptés ? Dans le doute Fernand décide de rester. Sa mère lui a appris à respecter les malades et les vieux, parfois ce sont les mêmes.

Fernand se rassoit, tournant sa chaise vers le lit, imité par Marie-Rose qui s'est placée un peu plus loin.

— Je vais être bref. J'ai peur que cette saloperie de grippe m'emporte.

Voyant que sa mère s'apprête à ouvrir la bouche, il l'arrête d'une main. Un sanglot de Marie-Rose prend la place des mots. Il poursuit cette fois sans les regarder, l'œil accroché au petit miroir agrippé au mur de pierres, face à lui. Il parle comme s'il lisait un texte :

— Quand je suis resté avec papa pendant que tu courais chercher des secours, il m'a dit quelques mots. Que je n'étais pas son fils, qu'il l'a toujours su et que c'était peut-être pour ça qu'il avait pas toujours été un bon père. Qu'il avait accepté de t'épouser parce qu'il t'aimait et pas pour cacher ta grossesse aux yeux des autres. De toute façon tout le village devait le savoir... maintenant je comprends pourquoi certains m'appelaient le bâtard à l'école.

Puis il se tourne vers Fernand.

— Il m'a dit que ce devait être vous mon père, vu que vous étiez son amoureux avant, mais toi maman t'as jamais voulu le dire à papa. Alors je voudrais savoir, pas pour moi mais pour Marie-Thérèse car ça voudrait dire qu'elle a encore un grand-père.

Maintenant qu'il se tait, Michel fixe sa mère.

Marie-Rose ne pleure plus, le mouchoir sur la bouche, elle reste tétanisée, elle ne s'attendait pas aux confessions de son mari auprès de son fils. Quand Michel lui avait dit qu'il voulait lui parler avec Fernand, elle avait juste supposé que c'était au sujet des plants pour qu'elle prenne le relais au marché, en attendant qu'il guérisse. Elle était sûre que Michel ignorait tout de cette histoire. Figée, Marie-Rose n'ose pas se tourner vers Fernand, déjà très remonté contre elle, alors si elle avouait que l'enfant était de lui...

—   C'est pas moi ton père, murmure Fernand en fixant le regard de Michel.

Et sans regarder Marie-Rose, la désignant de son pouce sur un ton chargé de colère, Fernand ajoute :
—   Elle me l'aurait dit pour que je la marie, c'était son obsession.
—   Si !!! C'est toi et je le jure sur la tête de ma petite-fille.
La phrase a jailli comme une eau retenue trop longtemps. Elle est presque soulagée, tous ses mensonges enfouis depuis des années lui rongent la tête.
—   Mais pourquoi t'as été chercher un autre gars pour t'épouser ? hurle Fernand.
—   T'osais déjà pas demander à ta mère, alors un gosse avant le mariage ! Et puis...
Elle préfère se taire, le reste ne ferait qu'augmenter la fureur de Fernand qui se dresse, congestionné par sa colère, une insulte au bord de la moustache.

Dans son lit, Michel ne regrette pas d'avoir ouvert une brèche même si elle laisse passer une bourrasque. Les cris que ces deux-là se jettent à la face ne l'effraient pas, au contraire, il faut que le passé explose, comme un fruit trop mûr qu'on doit manger avant qu'il ne pourrisse et ne contamine les autres fruits du panier. Il veut le meilleur pour sa fille. La rumeur ne doit pas l'entacher. Bien sûr que les langues de vipère continueront de s'agiter mais avertie, elle évitera de se faire mordre.

Il sent ses membres se détendre, l'étau se desserre sur ses tempes. Les cris se calment, ils sont maintenant face à face, Fernand a le béret en arrière et sa mère, le chignon détricoté. Marie-Rose ne cille pas, son regard planté dans celui de Fernand, cherche à apaiser la furie toujours gravée dans les sillons de ses rides. Elle comprend qu'il a souffert, beaucoup plus qu'elle.

– Je suis désolée Fernand mais on ne peut pas rejouer le passé. Que tu le veuilles ou non, Michel est bien ton fils.

Fernand reste impassible, plante sa cigarette au coin des lèvres, se tourne vers Michel, la tête de nouveau enfoncée dans ses oreillers, et se contente de dire :

– Bon j'y vais, puis tourne les talons comme si Marie-Rose était invisible.

– Ben alors, lui, c'est mon papy aussi ?

Marie-Thérèse revenue de l'école est plantée sur le seuil de la porte, une main pointée sur Fernand et l'autre caressant la tête de Diane.

Sous les rayons brûlants, tombés précocement du ciel en milieu de matinée, les femmes ratissent la couverture de seigle fauché par les bras vigoureux des hommes. Derrière elles, une ribambelle d'enfants lie les épis en javelles[16] . Parfois un cri fuse sous l'aiguillon d'un chardon ou d'une ronce, glissé sournoisement au cœur de la marée blonde. En écho, les rires des autres enfants jaillissent même si eux aussi serrent les dents quand une épine est dardée dans leur tendre peau. Ne pas pleurer et arracher l'intruse d'un coup de quenottes... Certains ont à peine six ans. Thaïs sera-t-elle aussi courageuse ? Ne courra-t-elle pas chercher du réconfort auprès de sa mère ?

Marie-Aimée aime sa vie même si elle a franchi un pas de plus dans la pauvreté et dans la lourdeur des corvées. Entre les vaches à garder puis à rentrer deux fois par jour, la traite, la fabrication de fromages et de beurre, le pétrissage du pain et bien d'autres tâches, elle a perdu l'habitude de prier. C'est sa façon d'expier sa faute, son crime d'avoir abandonné ses sœurs et de ne pas avoir cherché à les secourir à temps. Tout lui rappelle

---

[16] gerbes

le drame des moniales du Chambon. Le son d'une cloche, une odeur, un prénom, une étoffe. Pourtant, elle s'est relevée, a affronté de nouveau la vie, deux mois après son accouchement, deux longs mois pour le bébé et pour tous les habitants de la métairie.

Couchée comme une bête agonisante, s'alimentant à peine, sonnée par ses cauchemars où sa main allumait l'incendie qui avait exterminé toute la communauté, elle suppliait Dieu de l'emporter en couches, réclamant les pires souffrances. L'enfant qu'elle portait n'existait plus, n'avait jamais existé, elle était redevenue sœur Marie-Anceline. Au moment de l'accouchement, la pauvre Luce avait beau l'encourager à pousser, la couvrir de caresses et la tirer vers l'avenir, Marie-Anceline gisait comme un sac de grains. Elle devenait la masse inanimée des corps de ses sœurs trouvées à l'ouverture du retable. Cette vision macabre l'avait asphyxiée plus que la fumée âcre de l'église, la laissant mutique et sans forces.

Pourtant, dès que sœur Gentiane, un peu réchauffée, avait pu prononcer ces mots « sœurs et retable », Marie-Aimée pleine d'espoir, avait couru comme une possédée sur le chemin menant de la Borie au couvent, voulant croire que ses sœurs seraient préservées des flammes. D'un accord tacite, les deux frères l'avaient rattrapée pour la guider vers un raccourci et l'aider à franchir certains passages plus abrupts. Retrouvant son écharpe toujours plantée sur un genêt, à l'embranchement où débouchait le petit sentier, une pensée éclair lui avait traversé l'esprit. Cette fois, sa course n'était pas pour fuir un danger mais pour l'affronter.

Arrivée au monastère, elle s'était jetée, tête première dans la fumée épaisse du porche. Les flammes étaient maitrisées mais des braises terminaient de grignoter bancs et chaises, prie-Dieu et panneaux de bois couvrant chaque côté de la nef. La chaîne des hommes n'était pas rompue et continuait d'inonder le sol, seau après seau. Mais à la vue de cette femme se précipitant vers le chœur, certains suspendirent leur geste, stoppant la bonne marche qui acheminait l'eau. L'église était comme coupée en deux. La croisée du transept était la frontière entre la nef entièrement brulée et le chœur miraculeusement indemne. Aveuglée de larmes et étouffée par l'atmosphère irrespirable, Marie-Aimée s'était précipitée à tâtons derrière l'autel pour ouvrir le retable. Mais son état de faiblesse et de grande perturbation ne lui permirent pas de retrouver les manipulations à opérer pour ouvrir le panneau. Se retournant pour chercher un homme avec une hache, elle se heurta à Sylvain et Anselme qui l'avaient suivie.

— Elles sont là, vite il faut ouvrir cette porte, leur avait-elle crié.

Sans demander plus d'explications, mais convaincus que cette femme ne délirait pas, ils commencèrent à donner de grands coups de pieds dans le panneau qui semblait peu épais dans l'obscurité. Mais force était de constater que le bois résistait et n'éclatait pas sous les pointes des sabots. Sur le parvis de l'église, Anselme trouva rapidement une hache qui avait servi à démolir les portes fermées à clés.

Plusieurs hommes attroupés derrière lui, ne comprenaient pas pourquoi il détruisait le seul meuble en bois qui avait survécu. Sylvain souffla à l'un d'eux « les religieuses seraient là ». La nouvelle circula de bouche en bouche jusqu'à la rivière et bientôt tous les maillons de la chaine envahirent l'église. Marie-Aimée agenouillée, priait à côté de Sylvain qui observait son grand-frère mettre toutes ses forces pour libérer les prisonnières. La foule, rendue muette par la vision de cette scène presque sacrilège, se tenait en arc de cercle. Seul le bruit des toux et des coups de hache brisaient le silence.

Soudain le panneau céda. Les deux frères arrachèrent plusieurs planches pour enfin se retrouver devant une béance noire. Trouver un cierge intact dans la fournaise éteinte depuis peu, aurait relevé du miracle, aussi tout le monde restait figé devant ce trou où rien ne semblait surgir si ce n'est des relents de fumée. Marie-Aimée se trainant à genoux plongea la tête dans la gueule sombre pour tenter d'apercevoir ses sœurs mais fut vite asphyxiée. Presqu'évanouie, des bras l'arrachèrent pour la sauver. On l'installa au pied de l'autel en attendant le retour des hommes missionnés pour trouver des bougies. Bientôt un paysan ouvrit la foule avec son cierge allumé comme s'il était le messie chargé de sauver les religieuses puis le confia à Sylvain. Marie-Aimée quelque peu remise de son malaise, implora la lumière au jeune homme, lequel accepta seulement sa présence près de l'entrée pendant qu'il s'engouffrerait dans le retable. Un courant d'air entre les portes ouvertes de l'abside et du porche rendait l'atmosphère moins étouffante mais affolait la flamme déjà fragile.

Son chapeau sur la bouche, Sylvain enjamba le socle où reposait le meuble religieux, entra une partie de son torse, une main portant le cierge en éclaireur. N'apercevant qu'un espace vide, il pénétra totalement, fit deux pas et buta sur un obstacle. Abaissant son cierge, le corps d'une religieuse, les mains croisées sur un chapelet, était étendu comme pour accueillir la mort sans se débattre. La blancheur cireuse de son visage ne laissait aucun doute sur son état. Sylvain peinait à respirer mais décida de poursuivre vers le fond de la pièce qui paraissait s'ouvrir sur un passage. La flamme de plus en plus vacillante menaçait de s'éteindre et l'empêchait de distinguer les détails de l'endroit. Il progressa presqu'à tâtons et fut stoppé par une masse plus imposante. Il abaissa son cierge et toute l'horreur du drame survenu quelques heures plus tôt se dévoila. Cette fois la lueur soulignait le noir des bouches figées dans leur béance et le blanc des yeux exorbités. L'empreinte des souffrances restait gravée sur les quelques visages blafards émergés des corps tombés les uns contre les autres.

Sylvain suffoqué par l'horreur et par la lourdeur de l'air, hurla quand une main surgie d'outre-tombe saisit sa jambe. A ses pieds, une face aussi blanche que celle des cadavres était seulement animée par le battement de ses cils. Marie-Aimée suppliante, quémandait une réponse face à l'insoutenable vision.

Pour la suite, Marie-Aimée ne garde aucun souvenir. Elle se rappelle seulement s'être réveillée sur une paillasse, dans une petite pièce sans meuble avec un seau posé dans un coin. Derrière un panneau de vieilles planches clouées, servant de porte, lui parvenaient le souffle lourd du bétail et leurs meuglements. Ce fut le début de sa vie à la métairie de la Borie des Dames.

En état de choc, elle ne put assister aux obsèques des huit religieuses extraites l'une après l'autre du tombeau qui aurait dû être leur porte de salut. Durant deux jours, elles furent exposées dans leur cercueil à l'église de Maruejols. Les deux survivantes, sœur Marie-Andrée et sœur Gentiane recueillies par un autre couvent de la ville, furent témoins du défilé des nombreux croyants venus saluer les dépouilles. Tous les prêtres du Gévaudan et une grande partie des confréries religieuses firent le déplacement pour l'oraison funèbre et la mise en sépulture dans la terre du monastère, là où d'autres bénédictines sont inhumées depuis des siècles.

Perdue dans ses pensées qui viennent la visiter même en pleins travaux, Marie-Aimée entend soudain sa voisine qui l'invite à se poser à l'ombre de quelques gerbes dressées en abri, pour se rafraichir et partager leurs maigres repas. Alors elle lâche son râteau, cambre son dos douloureux et sourit pour ranger sa tristesse, même si elle sait que chaque soir, au coucher, ses paupières deviennent les linceuls de ses sœurs.

Elle s'assoit lourdement sur l'herbe, boit goulument à la gourde remplie à la source de la ferme. Quelques gouttes échappées rafraichissent sa gorge et viennent mourir dans le coton de sa chemise légère. La journée n'est pas finie, aussi profite-t-elle du court moment de répit pour relâcher ses membres et puiser quelques forces dans le pain, l'oignon et les pommes qu'elle dévore.

Marie-Aimée aime sentir le poids de son corps épuisé par les tâches quotidiennes. Ses bras se sont musclés à force de porter des seaux ou des baquets, de charger des tombereaux de fumier pour aller le répandre sur des terres parfois très éloignées de la ferme. Comme un homme, elle sait maintenant soulever le joug pour atteler les bœufs et partir accomplir ce travail. Elle s'est battue pour montrer aux trois hommes de la maison que ses bras n'étaient pas seulement bons à pétrir le pain ou à battre le linge.

Elle aime sa complicité avec les bœufs, ces mastodontes ne l'effraient pas, ils doivent le sentir. Les rares fois où Sylvain lui permet de labourer deux ou trois allers-retours, les bêtes lui obéissent sans cri ni aiguillon pour tracer un sillon droit comme la raie qui sépare les tresses de Thaïs.

Thaïs… justement la voilà qui court, précédant Luce chargée d'un panier qui lui arrache le bras. La petite fille se jette sur sa mère toujours assise, la faisant presque tomber à la renverse. Comme un chiot, l'enfant la renifle, s'enivre des parfums humides de sa poitrine tarie depuis peu. Puis elle s'installe entre ses jambes, colle son dos au ventre de Marie-Aimée pour ne former qu'un seul corps et se laisse aller, un sourire d'extase sur ses minuscules lèvres roses.

— Tu as vu papa ?

La petite fille acquiesce à peine, pesant de tout son poids pour profiter pleinement du moment volé entre deux corvées.

— Oui, on en revient, répond Luce, tout en distribuant des gourdes d'eau fraiche et du vin dans des cruches en terre. Les hommes finissent de faucher les champs du haut et demain ils termineront les bords à la faucille.

Les femmes autour de Marie-Aimée commencent à se lever, le travail doit reprendre, il faut que tout le seigle soit lié en javelles pour charger jusqu'au ciel, la charrette, entre ses ridelles. Un orage est si vite arrivé.

Thaïs se colle un peu plus pour prolonger son moment de bonheur mais sa mère essaie de se libérer en douceur sachant que la séparation se terminera malgré tout dans les pleurs. Elle s'allonge et porte sa fille à bout de bras au-dessus de sa tête pour lui décrocher un rire, mais Thaïs n'est pas dupe et l'attrape par le cou la serrant à l'étouffer. Parfois Marie-Aimée se reproche d'être responsable de l'extrême sensibilité de sa fille. Les premiers mois ont été difficiles, heureusement que Luce était là …

Jour après jour, elle s'enlisait, refusant de s'accrocher au regard silencieux et amoureux de Sylvain. Puis la visite des sœurs Marie-Andrée et Gentiane (alertées par Luce, elle l'apprendra plus tard), l'avait sortie de son état d'abattement.

C'était la première fois que les religieuses revenaient à la Borie des Dames depuis le drame. Elles étaient entrées silencieusement dans la petite pièce accolée à l'étable où Marie-Aimée passait la plupart de son temps. La jeune femme avait été surprise de revoir les bénédictines et encore plus d'apercevoir son enfant endormi dans les bras de Gentiane. Habituellement, elle ne le voyait qu'au moment du nourrissage, rouge et hurlant quand Luce le lui apportait. Le reste du temps, la jeune mère ne voulait pas s'en occuper refusant que Thaïs dorme dans sa chambre.

Les deux femmes s'étaient assises spontanément de chaque côté de son lit, saisissant ses mains. Elles avaient entamé des prières dont une sur Marie et l'enfant Jésus. A ce moment, Gentiane avait posé délicatement la main de Marie-Aimée sur le petit crâne de Thaïs. L'enfant avait ouvert les yeux, fixant de ses yeux noisette sa mère. Était-ce le murmure des litanies ou le regard de Marie-Aimée qui soutenait le sien pour la première fois ? L'enfant avait esquissé une grimace perçue comme un sourire par sa mère. Aussitôt sœur Gentiane avait glissé délicatement le bébé dans l'alcôve de ses bras. Thaïs s'était plaquée contre son corps, comme maintenant, cette fois sans pleurer.

Avant de repartir, Marie-Andrée lui avait remis le missel et le crucifix de Saint Pierre, récupérés dans sa cellule du monastère du Chambon avant la vente des biens à l'Etat.

Ses sœurs lui avaient donné la force de se relever et de poursuivre sa vie, comme elles-mêmes le faisaient en continuant de rendre grâce à Dieu.

Partant prochainement dans un monastère d'Aurillac, les au-revoir furent longs sachant qu'elles ne se reverraient plus.

—   Alors Fernand, tu prends le frais avant la grosse chaleur ?

—   Tiens Marcelle, comment va ?

La factrice apparait au petit portillon de son jardin, il ne l'a pas entendue gravir le chemin. Diane n'a pas bronché, décidément ils vieillissent tous les deux.

—   Ça va, répond Marcelle. Ça fait longtemps que je ne me suis pas arrêtée chez toi !

Fernand hoche la tête, les avant-bras appuyés sur son bâton, il reste assis sur la margelle du puits. Le courrier est rare,   mieux vaut si c'est pour annoncer   de mauvaises nouvelles…

Marcelle, une grande gaillarde, chignon grisonnant, vêtue de noir comme toutes les femmes du pays, fouille dans sa lourde sacoche en cuir. Tel un vieux loup solitaire, elle arpente par tous les temps les chemins raides, reconnait chaque odeur, chaque bruissement de genêts, chaque cri d'oiseaux qui fuse des sapins ou des feuillus. Ses galoches cloutées gravissent les sentiers caillouteux qui mènent jusqu'aux   fermes battues par les tourmentes. Là-haut, sa silhouette est guettée comme le temps, pas pour une enveloppe ou un journal mais pour les nouvelles qu'elle essaime d'un foyer à l'autre. Comment va le Paul, trop vieux pour descendre à la messe le dimanche ? Est-ce que la femme de Louis a accouché de son huitième marmot? Le voisin a-t-il commencé la moisson ? On la charge aussi de transmettre le bonjour à un voisin ou à un cousin. On ne la retient qu'un instant, car chacun sait que sa tournée est longue comme un jour sans fin.

— Une lettre postée de Montpellier, lui dit-elle en tendant l'enveloppe.

Fernand fronce les sourcils.

— Ouvre-là avant de t'inquiéter.

— C'est pas ça qui me contrarie.

Fernand s'emmure dans son silence après avoir laissé le courrier sur le puits.

Marcelle ne posera pas de questions, elle connait sa nature. Gamine, il la ramenait de l'école avec Aimée. Déjà taiseux, il marchait devant les deux petites filles dont les flots de paroles bouillonnaient comme la Colagne et la Crueize quand elles se rejoignent.

Marcelle se contente de le regarder. Fernand lève la tête et croise son regard d'un gris indéfinissable avant qu'elle ne le salue pour repartir. Tous les deux portent le même chagrin d'avoir perdu Aimée.

Le vieil homme ne décolère pas depuis quinze jours.

Elle a voulu pondre son gosse avec un autre, et bien qu'elle ne change rien ! D'ailleurs si le père Brageol n'avait pas craché le morceau avant d'y passer, il n'aurait certainement jamais rien su. Si ça se trouve, les gens ont pensé qu'il avait laissé tomber la Marie-Rose enceinte…Qu'on le laisse tranquille avec son chien, en attendant de rejoindre sa sœur. Après lui, plus de Ballac et c'est tant mieux. Le passé est le passé et chaque fois qu'on le remue, ça pue le fumier.

Voilà sa conclusion. Il attrape la lettre, certainement de son cousin qui continue de lui souhaiter son anniversaire, quelle idée…La décachetant d'un geste nerveux, une feuille tombe avec une liste de noms :

Marguerite de Saint Dubois du Chambon, abbesse
Aimée Marsirac, sous-prieure
Raymonde Fontanges, sœur tourière
Françoise Leloue, sœur
Jeanne Pradelles, sœur
Victorine d'Aubrac, sœur
Elisabeth de Laforge, sœur
Mayette Oussiac, sœur
Gentiane de Lafonte, sœur
Marie-Andrée de Bréal, novice
Marie-Anceline Chambon, novice

Il n'y comprend rien, son cousin a perdu la tête. Il fouille dans l'enveloppe où une deuxième feuille est restée. Elle est signée Hubert Trünel.

Manquait plus que ce fouille-merde. Mais bondiou, qu'est-ce qu'ils ont tous après moi ?

Cher Monsieur Ballac,

J'espère que ma lettre vous trouvera bien portant et que vos recherches avancent. Mes parents vous font leurs amitiés et mon père ne tarit pas d'éloges sur votre gentillesse d'être venu jusqu'à Montpellier pour lui parler de Mamie. Ici la vie a repris son cours et mon père a décidé de ne plus chercher à comprendre l'histoire de sa mère pour respecter son secret.

— En voilà un qui a tout compris !
Fernand poursuit sa lecture :

Par-contre il n'a pas pu s'empêcher (je vous avais dit que c'était son passe-temps) de fouiller dans les archives pour connaitre cette Marie-Agathe de Saint For peinte sur votre tableau.

— Couillon, c'est parce que tu lui en as parlé !

Je vous livre les renseignements qu'il a trouvés. Cette abbesse dirigeait le monastère de Saint-Pierre du Chambon de 1610 à 1642. D'autres lui ont succédée dont Marguerite de Saint Dubois du Chambon qui fut la dernière avant la fermeture définitive de ce lieu en 1792.
Mon père a trouvé un document très interessant où sont nommées toutes les bénédictines de cette époque. Et l'une d'elle (je l'ai soulignée) porte le nom de Marie-Anceline Chambon. Peut-être est-ce la même que votre ancêtre Marie-Aimée Chambon et donc l'auteure de la

signature « Marie-Anceline » sur l'image pieuse destinée à « Thaïs ».

Ce ne sont que des hypothèses mais j'ai eu envie de vous en faire part.

Bien affectueusement

Hubert Trünel

Alors là, c'est la meilleure de la journée ! Une bonne sœur qui aurait fait un môme ! Et c'est de ma famille ! Fernand froisse la lettre et la jette comme pour effacer le passé qui ne lui apporte que des questions et bouleverse ses certitudes. Diane s'empresse d'attraper la boule enfouie sous un rang de salades et la rapporte aux pieds de son maître.

Aussitôt le vieil homme menace sa chienne de son bâton. L'animal apeuré s'éloigne pour se poser un peu plus loin, la truffe entre les pattes, un œil fixant son maître. Toute la rage contenue de Fernand dégorge comme une eau sale :

— T'es bonne qu'à ramener des emmerdes, si t'avais pas fouillé dans la chazelle, on n'en serait pas là.

Diane habituée aux sautes d'humeur de son maitre, reste immobile en signe de soumission. La colère passera, il suffit d'attendre.

.

*****

—	Bonjour Fernand, comment va ?

—	Oh Michel ! C'est à toi qu'il faut d'mander.

—	Ben si j'suis là, c'est que la machine s'est remise en route.

Les deux hommes plantés au milieu du chemin gravissant chez Fernand, s'accostent comme si rien ne s'était passé un mois plus tôt.

—	Tu venais me voir ? demande un peu inquiet le vieil homme qui descend s'acheter du tabac chez Abel.

—	Oui, je voulais vous demander si je pouvais reprendre la vente des plants au marché ? Pour l'instant, j'ai pas la force de me faire embaucher pour d'autres travaux.

Effectivement, ses joues creusées et sa chemise flottante accrochée au cintre de ses maigres épaules, témoignent de son lourd combat contre la maladie.

Absorbé par son observation, Fernand ne répond pas. Aussi Michel renchérit :

—	A moins que vous ayez trouvé un remplaçant ?

—	Non, j'ai pas cherché, je savais que t'avais la peau dure !

—	Moi, j'aurais pas parié que je grimperais à nouveau chez vous.

—	Un verre chez Abel, ça te dit ?

—	Heu… ma fille m'attend pour manger.

—	Allez ! juste un p'tit, insiste Fernand, soulagé de la visite du jeune homme. Lui n'aurait pas su comment renouer après son désaveu de paternité.

— Non vraiment et puis en ce moment, c'est pas le moment de dépenser... plus tard quand je pourrai payer ma tournée.

Le regard baissé du fils Brageol en dit long sur sa vie de misère. Sa mère Marie-Rose ne doit pas être mieux lotie pour l'aider.

Fernand se traite de couillon de comprendre trop tard la raison de son refus et sur un ton bourru lui propose :

— Bon, alors on grimpe chez moi, t'es pas contre un verre de rouge ? J'irai au tabac plus tard.

Michel marque un temps d'arrêt et n'ose cette fois décliner l'invitation si inhabituelle.

— C'est pas de refus, il fait lourd aujourd'hui, on aurait bien de la pluie ce soir.

Les deux hommes tournent les talons pour remonter le sentier pendant que Diane restée à l'ombre d'un genêt, ménage ses vieilles pattes. Les humains changent trop souvent d'avis, aussi préfère-t-elle s'assurer que ces deux-là ne vont pas faire demi-tour.

Dans la pièce, les deux hommes sirotent leur vin. De grosses mouches, agacées par l'orage qui tarde à lâcher son tourment, rasent leur tête puis se cognent contre les carreaux. C'est la première fois que Michel s'assoit dans la pièce. Fernand Ballac l'a toujours reçu au jardin ou sur le pas de la porte. De toute façon, ils se croisent rarement puisque les cagettes sont toujours déposées au bord du chemin. Sur la cheminée il aperçoit la photo d'une petite fille ressemblant à sa Marie-Thérèse. Son air surpris n'échappe pas au vieil homme qui répond à la question pointant sur ses lèvres :

— Aimée, ma sœur.

Michel avale d'un trait son verre, se lève sachant que la conversation n'ira pas plus loin et se contente de dire :

— Alors jeudi, comme d'habitude pour les cagettes ? Si c'est pas moi, ce sera Marie-Thérèse.

Fernand hoche la tête.

Avant de franchir le seuil, Michel se retourne.

— Et puis toutes ces histoires du passé, ça reste du passé, on n'en parle plus.

Automne 1820

Près du fenestron, Marie-Aimée file inlassablement les fibres vaporeuses, cardées par les mains agiles d'Anselme, assis au coin de l'âtre crépitant.

Son pied devenu habile, freine ou accélère son mouvement comme s'il ne lui appartenait plus. Pourtant les premiers jours, habituée à travailler au fuseau, la laine ne cessait de se rompre. Adrienne, une voisine plus âgée, lui avait fait cadeau de son rouet. Maintenant, le mouvement de la roue est devenu si régulier que Marie-Aimée se surprend parfois à somnoler, bercée par son doux ronronnement. Comme la majorité des villageois, elle file la laine pour la revendre à l'usine de chapeaux du village ou de textiles de Maruejols et gagner quelques pièces. Aujourd'hui, les travaux agricoles effectués par Sylvain ne suffisent plus à les nourrir et la laine des nombreux troupeaux de brebis devient une richesse pour alléger leur pauvreté en achetant des denrées manquantes.

Déjà deux ans qu'ils ont emménagé dans cette ruine, une petite bâtisse abandonnée à la mort d'Alphonse, un grand-oncle de Sylvain. La maison, isolée du village, est perchée sur le chemin qui mène aux plateaux d'Espères et des Pradels. C'est le seul refuge trouvé en catastrophe après l'incendie de la Borie des Dames.

Après avoir léché quelques branches de genêts placés un peu trop près de l'âtre, le feu s'était échappé pour dévorer une grande partie de la table et engloutir les poutres du plafond. Réveillé par la chute des solives, Anselme, seul à dormir dans la salle depuis le décès de Luce, avait couru vers l'écurie pour libérer les bêtes et accéder à la pièce occupée par son frère et sa belle-sœur. Derrière les lourdes portes, les bœufs affolés cognaient de toute leur masse pour fuir la fumée qui commençait à gagner leur enclos. En ouvrant un des battants, Anselme n'avait pas eu le temps de faire un pas de côté qu'il avait reçu un coup de corne le projetant sur les pierres du four à pain. Levés en sursaut par les meuglements et les piétinements plombés des bœufs, le jeune couple avait bondi de sa couche, pour s'engouffrer par la seule ouverture donnant sur le petit couloir tracé le long des enclos et accédant à la cour. À peine Sylvain avait entrebâillé la porte qu'un appel d'air provoqué par l'ouverture simultanée de l'écurie par son frère, les avait contraint à reculer face au galop fulgurant d'un retour de flammes.

Prisonniers de leur chambre, Marie-Aimée avait ressenti le dernier souffle de ses sœurs asphyxiées dans le retable. Dans un sursaut de vie, portée par la vision solaire de Thaïs, partie quelques jours se louer aux travaux des grandes lessives sur Molières, Marie-Aimée avait allumé la bougie et parcourut le mur face au lit, pour retrouver les traces d'une ancienne fenêtre à peine dessinée, découverte durant ses longs mois d'alitement. Vite repérée, elle avait encouragé Sylvain à dégager avec son sabot, la terre et la paille qui obturaient leur seule chance de survie. Son mari ordinairement calme et discret martelait le mur dans une cadence infernale. Ses mâchoires contractées et ses cris de bête l'avaient transformé en créature monstrueuse. Sautant enfin dans la nuit épaisse, Sylvain l'avait étreinte à la hauteur de son amour avant de la prendre par la main pour courir au secours de son frère. Côté cour, des flammes s'évadaient de toutes les ouvertures de la maison.

Depuis l'accident, la faiblesse de ses jambes devenues invalides, a décuplé l'énergie des mains d'Anselme qui cardent la laine à longueur de jours. Sylvain prend soin de son grand-frère, le lave, le couche, l'installe dehors au moindre rayon de soleil. Ne pouvant plus assumer seul le travail des terres, Sylvain s'est résigné à donner son congé au propriétaire, un exploitant de vignes du Sud, originaire de Maruejols, acquéreur du monastère et de ses biens après la Révolution. Désormais, il se loue dans les fermes. La proposition leur avait été faite d'occuper la petite maison « des convalescentes » située au Chambon, où deux familles se partageaient déjà le long bâtiment du réfectoire et des cellules des religieuses mais la seule pensée de vivre dans ce lieu, avait fait pâlir Marie-Aimée. L'incendie de la Borie avait réveillé une fois encore les braises de ses souffrances.

Marie-Aimée a terminé sa bobine et pose sa main sur l'ourlet de son tablier pour sentir l'améthyste qui l'éclaire à chaque pensée obscure. Peut-être que la pierre la protège vraiment... Elle n'a jamais parlé de ce bijou à Sylvain et Thaïs, encore moins des raisons de sa transmission par sa mère supérieure, l'abbesse Marguerite de Saint Dubois. A cinquante ans, il serait peut-être temps de confier la bague à sa fille pour protéger sa vie de future maman. Oui c'est le bon moment, son enfant devrait pointer son nez au début du printemps. Une bouche de plus à nourrir, sans père, l'histoire se répète mais lui sera un enfant de l'amour, alors...

Tiens, la voilà qui arrive par le chemin, la récolte doit être belle, ses paniers semblent bombés de champignons. Cela fera quelques sous en les vendant au marché. La vie est dure, le travail permet de survivre, pas de vivre. Heureusement qu'ils ont une vache et quelques poules. Sylvain se fait souvent payer en sacs de seigle. Mais le moulin pour récolter la farine, leur grignote les quelques pièces gagnées grâce aux ventes de fruits et de plants d'oignons.

— Vois mes belles girolles, j'y retourne tantôt, j'en ramasserai encore quelques paniers.

Le sourire de Thaïs illumine d'un coup les visages d'Anselme et de Marie-Aimée et rafraichit la pièce avec le petit vent d'automne qui s'est faufilé par la porte. Chaque fois, sa présence provoque le même effet. La jeune fille est l'énergie de la maison, celle qui secoue la misère pour chasser la tristesse de leur regard.

A la Borie des Dames, l'ambiance était moins pesante. La maison bourdonnait des allées et venues de chacun occupé à accomplir sa besogne, le plus souvent à l'extérieur. Thaïs le ressent, même si elle a toujours perçu une mélancolie dessinée en trompe-l'œil dans le regard souriant de sa mère.

— Je les étale sur la table, on les triera ensemble avec papa, promis ? Ne les nettoyez pas quand je serai partie.

Elle aime le partage des tâches en famille pour retrouver un peu les liens ensommeillés depuis l'incendie.

L'unique pièce à vivre où leurs bras ne connaissent le repos qu'une fois glissés sous les draps rugueux et les lourdes couvertures, transpire la lassitude. L'arrivée de son père est toujours un moment de joie pour elle. Il porte sur sa chemise les odeurs vivantes des bêtes et des lieux croisés. Elle sait de suite s'il a coupé du bois ou labouré un champ, s'il a curé une étable ou s'il a fauché. Il parle peu mais sa moustache déposant chaque soir un rude baiser sur son front, suffit à lui raconter sa journée. Elle-même cherche le plus possible à se louer dans les fermes pour les lessives ou les fenaisons et cultive les deux terrasses qui surplombent la bâtisse. À l'automne, le travail est plus difficile à trouver, surtout pour une femme.

Chaque soir, quand son corps épuisé tombe sur son matelas bouffi de laine, séparé des deux autres lits par un simple drap plongeant du plafond, Thaïs rêve d'un ailleurs où l'homme qu'elle aime lui annoncerait qu'il quitte femme et enfants pour partager sa vie. Malgré ses promesses, à chaque rencontre, il recule d'un pas.

Georges est marchand-drapier et vient régulièrement au marché de Maruejols acheter des tissus de serges ou de cadis pour les revendre à de gros négociants de Lyon. Un matin, il s'est approché de son étal où elle tentait de vendre ses maigres récoltes. Il a engagé la conversation sur le vent glacial puis sur son commerce de plus en plus difficile face à la concurrence des tissages anglais. Elle s'est laissée troublée par son allure de dandy, tranchant avec celle des hommes d'ici. Il a perçu son émotion et lui a proposé d'aller boire un verre chez le cafetier le plus proche pour se réchauffer. Agée de presque trente ans, elle n'était pas naïve et avait déjà connu des garçons mais cet homme différent, bavard et drôle l'avait séduite. Elle avait appris bien plus tard qu'il n'était pas libre, pourtant elle avait poursuivi cette liaison à chaque fois que le marchand revenait à Maruejols. Avec lui, Thaïs retrouvait une nouvelle respiration dans sa vie plutôt terne.

Depuis sa grossesse, le regard de cet homme se détourne dès qu'elle lui parle d'avenir. Marié, il ne pourra reconnaitre le bébé. Doit-t-elle passer sa vie à l'attendre ou choisir d'en épouser un autre comme sa mère ?

Le secret de sa propre naissance s'est insinué lentement dans son esprit lors de deux évènements très rapprochés. Elle venait de fêter ses dix ans. Le premier fut le dernier souffle de vie de sa grand-mère Luce qui tentait de la consoler.

— Ne pleure pas Thaïs, tu es le plus grand bonheur que le bon Dieu a fait, je t'aime, ma fille, comme si t'étais d' mon sang.

Aussitôt, sa mère présente au chevet de la moribonde, lui avait fait signe que Luce délirait :

— Ça arrive souvent avant de mourir.

Puis plus tard lors d'une dispute avec un garçon de Sainte-Lucie, qui l'accusait de lui avoir volé son lance-pierres, elle   s'était défendue en répétant une phrase souvent entendue :

— Chez les Ballac, on est peut-être pauvre mais on n'est pas des voleurs !

Le garçon avait lancé :

—   Oui mais t'es pas une Ballac .

Thaïs   avait martelé son visage   de coups de poings pour lui faire ravaler ce secret qu'elle ne voulait pas entendre. Elle aimait trop sa famille et surtout son père pour en imaginer un autre.

Mais ils ne savent pas qu'elle sait. Instinctivement elle a compris qu'il ne fallait pas réveiller le passé de sa mère, absent comme sur une ardoise effacée. Aucun parent ne venait leur rendre visite même le jour de sa communion. Peut-être était-elle aussi le fruit d'un amour impossible. Qu'importe, elle se sentait Ballac et était fier de porter ce nom.

—   Va me chercher deux trois poireaux au jardin et une rave, s'il te plait, je vais préparer une soupe.

Depuis leur arrivée dans le village, sa mère   ne sort plus ni pour se rendre au jardin situé deux terrasses plus haut, ni pour aller à la messe. Elle prétexte une mauvaise bronchite qui lui   couperait   le souffle mais Thaïs devine la grande tristesse qui la cloue toute la journée sur sa chaise.

*****

Printemps 1821

Que la vue est belle sur le village! Son jardin est
son refuge. Elle a besoin du vent léger cajolant ses joues,
de l'odeur de la terre, des murets de pierres léchés par
les rayons encore timides sortis de leur hibernation. Thaïs
colle son dos pour le réchauffer, tend son ventre gonflé
comme le pain sorti du four, pour annoncer à la nature
l'arrivée d'un petit être aussi fragile que les feuilles vert
tendre couvées au cœur des bourgeons.

Ici personne ne vient, même pas son père. C'est
elle qui a défriché les deux parcelles envahies de genêts
et de ronces. Se retrouvant coincée dans cette maison
étroite et sinistre, privée des grands espaces qui cernaient
la ferme de la Borie, elle étouffait et avait eu envie de
réveiller les terrasses autrefois cultivées.

Au jardin, Thaïs retrouve sa solitude comme à la
Borie des Dames où elle parcourait les chemins sans
croiser une âme. Au village, chacun de ses pas se cogne
à un habitant. Ses mots ou ses gestes sont tel le grain
séparé de la balle, une partie s'envole pour grossir le
serpent de rumeurs qui circulent et rassurent chacun sur
son pesant de malheurs. Le dimanche est le moment le
plus pénible. La sortie de la messe est une épreuve.
Plantée à côté de son père qui subit les éternelles
questions sur la santé de sa femme et de son frère, elle
sent les regards muets qui s'interrogent sur cette jeune
femme de trente ans, toujours célibataire. Leurs yeux
indiscrets parcourent d'un battement de cils, la colline
sous son châle croisé comme une barrière à leurs

atteintes. Peut-être que certaines femmes envient sa liberté, aimeraient se libérer du joug d'un mari choisi par leurs parents pour une terre en plus ou une bouche en moins à nourrir. Alors, elle force son sourire, répond par une autre question quand leur langue devient trop curieuse. Thaïs finit toujours par tirer son père par la manche, prétextant de devoir rentrer pour Anselme.

Oui, dans son jardin, elle ne craint pas l'avenir. Sa terre est son alliée et lui murmure qu'elle sera toujours là pour la nourrir, elle et son enfant. Elle ressent l'énergie du printemps, la sève ne réveille pas seulement les plantes mais circule aussi dans ses jambes bien plantées dans le sol. Son enfant s'agite beaucoup depuis l'aube, son arrivée est proche. Peut-être goûte-il aussi les nouvelles senteurs libérées de leur dormance. Une contraction soudaine la fait s'agenouiller, ses mains caressent les herbes folles pour apaiser sa douleur fulgurante qui bat comme un cœur. Son ventre devient rocher et alourdit sa souffrance. Elle tente de se relever mais une nouvelle contraction encore plus violente la couche sur le flanc. Elle ne va pas pouvoir regagner la maison. Sa mère ne sera pas là pour l'aider. Un vent de panique la gagne et disperse toute sa confiance.

Quelques secondes de répit lui permettent de se calmer un peu et d'affronter la tempête. Son enfant a choisi de naitre ici, dans la lumière, à l'endroit qui l'apaise le plus. C'est un signe. Aïe ! Une nouvelle douleur lui broie les reins. Elle a peur, la souffrance l'étouffe, des larmes glissent et se perdent dans la terre. Pourquoi la vie est-elle si dure ? Nouveau répit, il sera éphémère, elle l'a compris. Vite elle dénoue son tablier et le glisse sous son bassin. Sa tête repose sur un bras, pendant que l'autre caresse son ventre. Son regard fixe la chazelle où elle a caché quelques jours plus tôt une bague. Au secours ! Elle va mourir, personne ne lui a expliqué qu'elle souffrirait autant. Peut-être que son enfant a mal aussi. Va-t-elle mourir en couches ?

— Maman !!! Viens !!!

Thaïs a besoin de sa présence, de sa force.

« *Garde précieusement cette bague, elle vous protègera toi et ton enfant comme elle m'a protégée. C'est une religieuse du Chambon qui me l'a donnée. Ce sera notre secret.* »

Quelques jours plus tôt, sa mère a prononcé ces étranges paroles. Thaïs a pris l'améthyste sans rien demander. Puis sa mère a décroché le crucifix au-dessus de son lit et a sorti un missel du coffre où sont rangés ses vêtements.

« *Transmets ce missel et ce crucifix de Saint-Pierre à ton enfant pour qu'ils soient donnés à chaque génération. C'est tout ce que je possède* ».

Thaïs a choisi la chazelle, son refuge, pour enfouir la bague derrière une pierre et accrocher le crucifix au-dessus pour retrouver l'endroit. En feuilletant le missel avant de le glisser sous son matelas, une image religieuse s'est échappée, signée « Marie-Anceline » derrière deux mots « Pour Thaïs ».

Thaïs a compris que sa mère était une autre avant de la mettre au monde.

— Thaïs, mon dieu ! Je m'en doutais !

Sa mère est au-dessus d'elle, essoufflée d'avoir gravi les deux parcelles, en larmes mais heureuse.

Épilogue

—   Vous héritez de la maison et des deux parcelles. Je dois vous remettre cette lettre et ce paquet contenant une bague, un crucifix et un missel. Ces objets ont été inventoriés par mes soins au moment de la rédaction du testament de Monsieur Fernand Ballac en votre faveur.

Le notaire baisse ses lunettes tout en interrogeant du regard Michel Brageol tassé sur sa chaise :

—   Pas de questions ?

—   Combien je dois payer pour tout ça ?

Michel sait bien que rien n'est gratuit dans la vie.

—   Rien, puisque mes honoraires et tous les frais ont été réglés par le légataire.

Michel est sonné. Quand la factrice lui avait apporté la convocation pour la succession, il s'était attendu éventuellement à la donation d'une parcelle qu'il cultivait déjà pour le vieil homme, mais pas à la transmission de tout son patrimoine. Surtout que depuis la scène déclenchée entre les deux anciens amants par la révélation de sa filiation, la routine avait repris comme s'il avait rêvé ce moment. Bizarrement, il ne se sentait pas concerné par cette affaire. Son père n'était plus son « vrai père » et Fernand Ballac avait pris une nouvelle place dans son histoire, et alors ?

La levée du secret éclairait toutes les perceptions des silences ou des regards, parfois des mots blessants que ses sens ne pouvaient traduire, telle une langue étrangère jamais apprise.

Sa mère avait bien tenté de lui raconter les circonstances de son mariage et les raisons de sa grossesse cachée mais les quelques accusations envers Fernand Ballac lui avaient suffi pour refuser fermement d'entrer dans leur histoire. Non, le plus difficile avait concerné Marie-Thérèse, choquée par la fureur des grandes personnes et soudain très en colère contre sa grand-mère qui avait menti à tout le monde.

La petite fille avait lancé : « tu es méchante » et s'était sauvée quelques secondes après le départ de Fernand. Marie-Rose avait voulu la rattraper mais Michel l'avait rassurée en disant que le temps apaiserait chacun.

A son retour, les joues barbouillées des sillons de larmes séchées, elle avait passé ses petits bras autour de son cou, collé son front moite contre sa joue et soupiré très fort.

Que lui dire ? Michel n'avait jamais su choisir les mots. Qu'il n'y avait pas que les enfants qui mentaient, que la vie n'était pas toujours facile. Elle le savait déjà. Alors, il l'avait serrée un peu plus fort, avait inspiré pour desserrer le nœud qui se formait dans sa gorge et avait senti son odeur de chien mouillé. Avait-elle fait un bout de chemin avec Fernand et cherché du réconfort dans le pelage de ce chien dont elle lui parlait souvent quand elle ramenait les cagettes ?

Il n'avait pas posé de questions, ne voulant pas raviver sa colère.

Les semaines qui suivirent, Marie-Thérèse avait retrouvé son entrain, prenant soin de son père comme une petite infirmière. Sa complicité avec sa grand-mère s'était retissée mais en espaçant les moments partagés. Quand la petite fille avait appris la reprise des ventes de plants au marché, elle avait supplié son père de récupérer les cagettes de Fernand Ballac, comme par le passé. Tous les jeudis, de bon matin, il la voyait quitter la maison, ses deux mains tractant la carriole sans oublier de lui lancer un petit signe au tournant du virage où sa silhouette disparaissait. Plusieurs fois, il lui avait reproché son retour tardif :
    — On va encore arriver en retard au marché ! Jeudi prochain c'est moi qui irai !
    Elle promettait toujours de faire un effort. Michel capitulait et quand une fois de plus il partait au-devant d'elle pour guetter son retour, il pestait de lui avoir cédé. Mais la voyant dévaler à toute allure la pente de chez Fernand, suivie de la carriole bondissante sur les pierres saillantes, son mécontentement s'effaçait devant son visage rosi par l'effort et son sourire couché en demi-lune.
    Malheureusement, trois mois plus tôt, Michel comprit de suite le drame en apercevant Marie-Thérèse descendre le chemin sans son chargement sur un fond de hurlement de Diane, amplifié par la montagne.

Aujourd'hui est aussi un jeudi, jour de marché, il doit être midi. Michel sort de l'étude. Le soleil l'éblouit et l'assomme aussitôt. Il oscille comme un aveugle vers la place pour rejoindre l'ombre des grands tilleuls. Des pièces récoltées ce matin au marché avant le rendez-vous, tintent dans sa besace. Elles serviront à acheter la belle couronne funéraire aux roses émaillées enrubannées d'un vert tendre, choisie par Marie-Thérèse. C'est un sacré petit bout de femme ! Après avoir couru dans ses bras, suite à la découverte de Fernand étendu au pied du puits au milieu du jardin, elle s'était mouchée un grand coup puis avait simplement affirmé :

    — Maintenant Diane est orpheline, on va la prendre chez nous, hein papa ?

    Peu à peu Michel s'approche de la carriole où Marie-Thérèse l'attend sagement. Ses bras enlacent Diane, sa bouche lui susurre des secrets à l'oreille. La chienne, gueule grande ouverte, happe la fraicheur tombée du feuillage et semble sourire.

    — Alors papa, on va habiter la maison de Papy Fernand ?

    — …

    — Tu vois Diane, tu vas retrouver ta maison.

    Michel revoit la photo sur la cheminée du vieil homme : Aimée dont parlait souvent Fernand. Il sent sa présence…

Remerciements

Aux habitants de « San Lacho » et des hameaux environnants qui ont accepté spontanément de me raconter leur histoire. Leur accueil et leur gentillesse resteront à jamais gravés dans ma mémoire.

Un grand merci donc à :
Christiane
Jean, Jeannette et Daniel
Juliette et Jean-Paul
Marie, Michel et Pascal
Marie-Rose
Marinette et Louis
Paul et Gabrielle
Paulette

A mes premières lectrices :
Bernadette et Béatrice

Et aussi à :
Daniel Castanier du musée des deux Albert de Marvejols
Guy Lapierre pour la généalogie.
Jean-Paul Itier, maire de Saint-Léger-de-Peyre
Marianne du Chambon
Mireille Galzin (fille d'Olivier Alle créateur du journal « Lou Païs »)

Aux archivistes de Mende

A Béatrice Bonneau pour ses belles illustrations.

Édition : BoD • Books on Demand GmbH, In de Tarpen 42,
22848 Norderstedt (Allemagne)
Impression : Libri Plureos GmbH, Friedensallee 273, 22763
Hamburg (Allemagne)
ISBN : 978-2-3225-2435-8
Dépôt légal : Août 2024